藤沢 周

Shu Fujisawa

武蔵無常

河出書房新社

武蔵無常

壱《いち》

　これは諸国一見の僧にて候《そうろう》――。

　と、まずは儂《わし》の身について明かすべきか。ただ、能でいうワキ僧のようでいて、自らもすでに霊であることを予《か》ねて告げおくのも、礼節の一つではあろう。

　いつの時代を彷徨《さまよ》うているやら、また、いずこの土地を経巡っているやら。慶長の世でもあり、平成の世でもあり、下関でもあるか、内藤新宿でもあるか。

　ふと、耳を空に傾ければ、先ほどまでもつれるように鳴き騒いでいた鴉《からす》の声もやんで、ようやく無音となったようである。

　いや……。

　耳を澄ませば、かすかに聞こえてくる男の声。

「……今日……思い立つ……果し合い……」

生い茂る荒草のいきれが立ち込めて、そよとも風の吹かぬ杣道《そまみち》である。深く息を繰り返せば、瘴気《しょうき》ともいえる山の青臭さに、肺腑《はいふ》の底が粘りつくようでもあるのだ。

木々の間から覗くのは、やはり、関門海峡と見える。

銀鼠《ぎんねず》に鈍く光って見えるが、優美なほどに直線を計算し尽くした関門橋のシルエットもない。航跡の白く長い韓国やカタールのタンカーも見えず、また、潮の流れに裏切られた平家の軍船も見えない……。

何時《なんとき》も人の通らぬその山道の端に、儂は朧《おぼろ》に揺らめいてはいたが、ようやく地を踏むかすかな足音が聞こえてきたようである。

「……今日、思い立つ、果し合い……今日思い立つ果し合い……帰洛《きらく》をいつと定めん……」

儂の衣と同じように着古した墨染の上衣に、襞《ひだ》の折り目が落ちた袴《はかま》。奔放に燃え立つ焔《ほのお》のような蓬髪《ほうはつ》を、垢じみた布きれで後ろに無雑作に束ねた男が独り、歩を進めてくる。眉間に強く刻まれた皺と目を剝いた形相《ぎょうそう》は忿怒《ふんぬ》のものではあるが、その胸中を透かしてみれば……。

「一体、己《おのれ》が何をしたいのか分からぬ」と読める。そして、能の詞章《ししょう》を模したかすかな独り言……。

弱い。相変わらず迷える男よ。

男の心中の言の葉が透けてきて、儂は樹の影で薄笑いを浮かべたつもりではあるが、草を食《は》む霧ほどに薄く揺らいでいたから、見える者には泣いているような表情であったかも知れない。

声にならない男の言葉に、さらに耳を澄ませば――。

己が人を殺すとは思うてもいない。

また、その犠牲になるとも。

と聞こえる。

だが、「殺すとは思うてもいない」が、「殺すとは思うてもいなかった」となったら、いかになるか？　言の葉の些細《ささい》な活用の違いにもかかわらず、取り返しがつかないその局面を迎えた者は、時をさかのぼろうと懸命にもがくものであるか。

否。

むしろ、「思うてもいない」己に、「思うてもいなかった」己が、事よりも先に陥入《かんにゅう》してきた時制の、運命的ともいえる悪戯にこそ悶えるのだ。男もそれはよく知っていることであろう。

「殺す気はありませぬ……」ではなく、「殺した気はありませぬ」と、殺《あや》める前に一瞬顔を覗かせる神仏の、残酷なほどの慈悲深い笑み。神や仏とて邪《よこしま》な悪戯を企むこともある。

おまえが世界から見放される前に、世界を見限る時間を与えよう。たっぷりと永劫な瞬間を授けよう。すでに、まだ訪れぬ刻《とき》が先にきてしまう異様な事態は、「殺すとは思うてもいなかった」者にしか分からないであろう。人はそのような者を、殺人者とも刹《せつ》鬼《き》とも呼ぶであろうか……。それが慶長の世であろうと、平成の世であろうと。

男は迷いの漏れを察せられたのに気づきでもしたのか、わずかに歩を緩めて、辺りの気配を計っているようだ。

腰に差した樫の木剣の柄頭《つかがしら》。

男の左の指先が触れる。

威圧するような視線が宙に投げられ、その鋭い一刺しが儂の目と合った。

見据えている。

さらに、見据えてくる。

さすがに気づいたか。儂が見えるか。

男の草鞋《わらじ》履きの右足がわずかにほんの数寸、地を擦って引かれる。と同時に添えられた左手が静かに柄を滑った。右手の翳《かざ》し。左の足を引けば電光の居合抜きか。空気が凍りつく。木々や光や風の意を脱色するかのように吸い込んで、自らのものにしている息差し――。だが、木剣に手をかけた自らの所作の迷いが分からぬ、と気が漏れるように表情には覗いた。儂にはおまえに襲いかかる気など、毛頭《もうとう》ないわ。

心が揺れている。

また鴉の声が上がったかと思うと、クルスのごとき五、六羽の黒い影が、気を斬るような羽音を立てて頭上を過《よぎ》っていく。

視線を切り、鴉を見上げた男には、羽音に紛れた細い鋼《はがね》にも似た音が刃の一閃にも感じられたであろう。そして、脳裏に瞬時の交刃《こうじん》の軌跡を描いてもいたであろう。

胸の言の葉があまりに透いている。

「……万象《ばんしょう》との間合いを……」

万象との間合いを一気に詰める……自らを消す……。己が万象になる、とでもいいたいか。

否、万象の裏に回って、振り向きざまに法界《ほっかい》の後ろ姿を袈裟《けさ》に斬っている己の姿が見える、だろう……。

浅ましい。そして、弱い。

斬られているのは、現世に陽炎《かげろう》のようによろぼうている己の方ではないか、と男は色の悪い唇を嚙んでいる。その曇った鏡の内にいる自身を、勝ちに憑《つ》かれた自身が斬って、三千世界《さんぜんせかい》を粉々にしている。己こそが世界の障礙《しょうげ》である。

その通り。おまえこそが世界の障礙である。

遠き露国のペテルブルクで、ラスコリニコフなる青年が金貸しの老女の頭を斧で叩き割る時まで、二〇〇年。アルジェの地で、太陽が眩しかったからとアラブ人を射殺した若者ムルソーが生まれるまで、三〇〇年。

おまえはその兆しでもある。戦や武者修行の立合いでの殺害は理由あっての結果で、おまえは悶えることもないだろう。

だが、おまえは世界の時制のむこう側に突き抜ける瞬間を、儂を通して体感してしまった。儂以外は誰も知らぬ殺し。儂だけが知っている、おまえという罪——。

弐《に》

男が苦い顔をして鬱々《うつうつ》と山中を歩いていたのには、相応《そうおう》のわけがある。

ほんの一時《いっとき》前の松井佐渡守《さどのかみ》邸で、心にもない返事をした自分自身に対しての塞《ふさ》ぎといったらいいか。

むしろ、以前より患っている重い鬱の病いの方が、儂《わし》にはどうにも深刻に思えるが、何故またそのような返事を男はしてしまったのか。人の言葉が素通りするほどに、現《うつつ》なるものが夢や幻のように遠くに感じていたということもありうる。

だが、すでに戦気など失せていた男だからこそ、先方の底意に潜む臭みに気づいていたはずなのだ。

先刻の、朴訥《ぼくとつ》としながらも前のめりとなって眼を光らせていた松井佐渡守興長《おきなが》にではない。その主君、小倉細川藩主忠興《ただおき》の腹の底にである。だが、男は「有難し」などと頭を下げ、ほざいていたのだ。

招かれた松井興長邸の座敷から見える庭には、季節に倦《う》んだ桜花が飴色《あめいろ》に萎《しお》れて、吹き始めた旺盛な葉に紛れていた。額にじわりと汗を浮かべた男は、片方の眉尻を上げて、その悪趣味な庭を一瞥《いちべつ》する。覚え始めた画の素材になるようなものは何もない。

若葉に透けた玉《ぎょく》のような光があるかと思えば、すでに厚くて鈍い葉群がまばらにかたまってもいる。灰をまぶしたような古木の節くれは年季が入っていたが、画になるほどの猛々《たけだけ》しさがない。鞠《まり》のように刈り込まれた躑躅《つつじ》といい、須弥山《しゅみせん》を表わしたという大げさな岩の造作といい、人の手を入れ過ぎだった。

「明くる一三日、辰《たつ》の正刻、舟島《ふなしま》にて巌流《がんりゅう》小次郎と立合われよ。巌流には細川家の舟が差し遣わされるゆえ、そなたにおいては此許《ここもと》の舟にてお送りしよう」

「……これはありがたきお心遣い、かたじけのう存《ぞん》ずる……」

視線は興長の目を睨んだまま、頭を下げている己がいる。だが、腹の腑《ふ》にどんよりとしたものがわだかまるのを、男は感じたはずだ。自身のまったく関わらぬところで幾すじもの糸が操られ、怪しげな網の広がる音が耳裏を撫でているごとく感じたのだ。

鼻に汗の玉を浮かせた松井興長の面持ちは、殿の忠興の命が出たことに誇らしげであったが、小倉細川藩の兵法稽古場指南に取り立てられた佐々木巌流小次郎との立合いなど、そうそうある話ではないと男は見ていた。

何より、すでにあれほど執着していた殺人剣の意味が朧《おぼろ》となり、その想いも一縷《いちる》を残して、事切れる頃合いでもあった。

勝って、いかになる。殺して、いかになる、と。

まだ山城国教王護国寺観智院にかくまわれた時より始めた画業の方が、一天四海を斬りもし、活かしもするではないか。その佐々木巌流とやらも、舟島での決闘を本意で承ったのであろうか、と男は思ったのだ。

むろん、父の無二斎からにわかの言問いがあった時は、それでも血が奇妙な揺れ方をしたのである。懲《こ》りない男だと、儂が横で唾棄していたのに気づくはずもない。浅ましき己の業《ごう》を男は嚙み潰しながら、心ならずも総身《そうしん》の毛穴が開いて、血の巡りに面前が月《げっ》白《ぱく》の色に瞬くかのように思えたようだ。

夢想流　杖術《じょうじゅつ》の夢想権之助。

あるいは柳生流の大瀬戸隼人。

辻風某……。

それらの立合い以降、もはや勝つことに執着する剣が漫事《そぞろごと》に思え始めていたのに、まだ己の中に羅刹《らせつ》が息をしているのか、と。

だが、それは正確ではない。むしろ、武芸の名利《みようり》を得れば得るほどに、鬱気《うつき》のもととなった、己の忘れがたき罪から逃れられるのではないかと思っていたのではあるまいか。隠遁よりも十字街頭《じゆうじがいとう》の世俗にまみれること。仏を隠すよりも、墓の中に葬ること。隠そうが、葬ろうが、儂はこうして男につきまとうているが。

「己も知っておろう。小倉細川藩兵法指南、佐々木巖流小次郎なる男。豊前の名族、岩石《がんじやく》城の佐々木一族。燕返しの秘技を持ちて、石火の太刀筋の猛者《もさ》と名を馳せておるが、吉岡一門を討った己の剣が天下無双《てんかむそう》なる証を、一つ忠興公に披露するも良し。いかなるか」

血の道に熱が奔流のように経巡ったか、戯《たわ》け者が。丹田《たんでん》の奥に赤く鎔けた鉄玉が熾《おこ》りもしたか。目の前が稲妻の光るかのごとくわなないたかも知れぬが、肺腑の奥の奥に一筋の恐ろしく凍《い》てついた滝が立ちもして、儂の顔を脳裏に過らせたであろう。

「父御《ちちご》。望むところに存じます。忠興公にお伝えくだされ」

慶長の世も一七年となれば、兵法を競う立合いも藩取り立ての武人とのものは、ほとんど稀である。生き死にの真剣などの立合いによって、藩の武技指南を失う痛手と不名誉を避けるのは道理。

ただ、この無二斎の提言に真実味があったのは、松井佐渡守興長の父である松井康之が、男の父無二斎とは古くから懇意にしており、かつ細川四天王の筆頭として知られる忠臣であったからだ。

その子である興長の仲立ちのもとに、兵法数寄《ひょうほうずき》の細川忠興が、無二斎に話を持ってきたとしても頷《うなず》ける。まして、息子に仕官への道を開かせようと躍起の父御である。好機と見て、承ったに相違ない。

ただ、その話の裏に鉛雲の渦のようなものが蠢《うごめ》くのを、男は自らの観《かん》の眼で透《す》いていたようでもあるのだ。

背後から迫る敵の潜めた気が、身に及ぶ時の心地……。

凶々《まがまが》しさを孕《はら》んだ者のもよおし顔……。

そのようなものに似る、と。

だが、無二斎や興長の謀《たばか》りが何であれ、目先の動きにとらわれてはならぬ。敵の太刀を知るは良いが、いささかも敵の太刀を見ないのが習いというものである。

おちこちの蛍火《ほたるび》に似た剣先の跡を追う刹那《せつな》に、心が居付く。近きところを遠くに見る。また、遠きところを近くに見る。相対する敵の心と同じように、浮かびくるものがある。それが藩主細川忠興のたくらむ謀《はか》りへの予感でもあったのだろう。

「……興長殿。一つ約されたく存ずる。一撃して倒れた後はそれまでとされよ」

「ほう、山城吉岡との立合いでござるな。預《あらかじ》め一撃の約あるにより命根《めいこん》は輔弼《ほひつ》す、と」

一撃の打突で勝負を決め、命までは取らない、というのである。

興長は、目の前の男が山城国洛外蓮台野《れんだいの》で吉岡清十郎を木刀で一撃し不覚にさせた、慶長九年の立合いをいっているのだ。いや、立合いというよりも、「扶桑瑞一者《ふそうずいいちのもの》」と称されていた吉岡剣法相手に、男が勝手に挑戦状を叩きつけた、無謀なものでもあった。

鬼一法眼《きいちほうげん》から興る京八流の一派。剣世に轟く名ばかりが耳に入っていたが、その昔、男の父無二斎が将軍足利義昭公の御前試合でその吉岡の剣に勝利し、「日下無双兵術者」の称号を賜っていたのも、男の若気というものか、自ずと奮い立たせる契機にはなっていたのであろう。己もまた負けるなどあるまじ、と。拠り所なき我頼みこそは、無知ゆえに、三世《さんぜ》十方《じっぽう》を掌中に入れた心地だったのであろう。

後世の者らが、この蓮台野での闘いについて、男が故意に遅れて清十郎を苛立たせたなどいう話をこさえたらしいが、それは偽りである。時刻通りに相対し、闘ったのが事実。ただ、立合いの名乗りを待つこともなく、男はあえて無雑作に清十郎に近寄っていったのである。

清十郎は真剣。

男は木剣。

密教の止観《しかん》なる法を取り入れた清十郎の佇《たたず》まいは、さすがに静謐《せいひつ》ではあった。戦う相手の呼気《こき》を吸い取るかのごとき様が、清十郎を芯にして八方から陽炎《かげろう》を集めるかのような筋で見えた。体の際を消していくかのようでいて、気が練られている。すべて敵の勢いや気魄《きはく》を奪おうとする巧みな呼吸のせいだ。

互いの名乗りが始まるかという時、男はまるで戦意がないような足取りで前に進む。右手にはだらりと木剣を下げて、歩くたびに揺らすような力の抜け方である。一足一刀の間合いに近づいてから、男は名乗るのであろう、と清十郎は見たようだ。

男はすたすたと歩みを進めて、清十郎との間合いに入るまで、地を見たり、原に靡《なび》く芒《すすき》に視線を短く投げるなどして、相手の気を削いでもいる。

だが、その間合いに入った時。

礼をするかのように見せて、右足の爪先で地をにじって寄った。機が熟すのを待つなどの技はない。ざりざりと血の道を邪魔する高ぶりが、さらに孕みを持って灼けてきた時――。

男はいきなり腕を上げて、木刀の先を宙に刺すように掲げたのである。

虚を衝かれた清十郎の白刃《はくじん》が煌《きら》めく。

吉岡剣法、一の太刀。

下から斜《はす》に斬り上げてくる。

刹那、清十郎の頭上にぽっかりと空白の隧道《すいどう》のようなものが見えた。

男はそのまま木剣の先をそこに思い切り振り下ろした。

「ゴッ!」

一瞬の後、清十郎の撚《よ》れた白鉢巻に蘇芳《すおう》の染みが広がる。

無音。

清十郎が刀を落としたと思うと、小さく全身を痙攣《けいれん》させてから紙で作った雛人形のごとく、頽《くずお》れる。

男の手の内には、頭蓋の骨が折れた感触と、互いの総身《そうしん》が収斂《しゅうれん》したかのような塊があった。それで事足れり。二の太刀など無用であった。三千世界の無辺際に己のみが立っているのを男は確かめて、その場を去ったのだ。

名乗りを上げることもしない。立合いの礼節もあったものではない。

近寄った。

木刀を振り下ろした。

勝った。

それだけである。ただ、男にとっては勝つことのみが目的であり、それ以外のことは決闘にとって邪魔なものでしかない。浅ましく、醜く、姑息《こそく》である闘い方だとも、つゆほども思うていない。むしろ、油断していた相手に兵法者として落ち度があるということである。

男が後世、剣豪として名を馳《は》せるとしても、儂が諸国を彷徨い、時代を経巡って見たかぎり、男よりも兵法そのものに長《た》けた武芸者はごまんといた。

ただ一点、何よりも優れているというところがあるとすれば、誰よりも人として劣っているということであろう。男には、今でいう文法がないのである。形式がないのである。その突き抜け方が尋常ではないという一点に尽きる。

敵に投げるものがない。逃げ場もない。小太刀《こだち》も、手裏剣《しゅりけん》も、木切れも、小石も、砂すらもない。さような時にいかにするか。男なら自ら糞をひって、相手の顔面に向けて投げつけるであろう。

男にやられた清十郎は、弟子達に運ばれて息を吹き返したらしいが、その後いずこかへ行方をくらまし、出家したと聞く。それから以降、男は吉岡一門との忘れ難き、悔恨の闘いが続くことになってしまうのである。

まして、あの一乗寺下《さが》り松で、清十郎のまだ幼い嗣子《しし》、又七郎の首を即座に刎《は》ねることになり、そして、この儂を……。

参《さん》

葉叢《はむら》の繁る木立の影にきて、男は杣道《そまみち》の向かいを見、漆黒の溜まりのようなものがあるのに気づいたらしい。

何か。

血か。穴か。

すべての光を吸い込むかのように黒い。

胸中の予感を暗示する奈落にも思え、三千世界にぽっかりと口を開けた闇への入口かと、男は目を凝《こ》らした。まるで、いつのまにか自分の胸底に開き、鬱をもたらし始めた「独行《どっこう》の這入《はいり》」と男自らが呼んでいる、黒い扉に通じるようではないか、と。

薄い悪気《あっき》がそこから立ち上っているようだ。男は木々の幹の影に、細めた眼差しを走らせる。

人の気配はない。

木剣に手を触れながら緩々《ゆるゆる》と足を進めると、その穴のごときものが、夥《おびただ》しいほどの黒い羽毛の散らばりと気づく。そして、その真中に一羽の鴉の死骸が横たわっているのを男は認めた。

近づけば、艶やかな濡れ羽がむしり取られたばかりで、だらりと広げた羽の胸元に、濃赤の唐百合の花が開いたような穴がある。まだ乾きもしない血の光がぬめり、だが、ぐんなりとした頭には錐《きり》で突いたような眼窩《がんか》が、小さく深い闇を覗かせていた。

仲間内の裏切りか、縄張り争いか、頭上を過《よぎ》っていった鴉らが、寄ってたかって非情なほどの私刑を施していたのである。無惨な制裁は隙すらも与えず、飽きるまで獰猛《どうもう》な嘴《くちばし》が次から次へと攻め立てたものと見える。

「……小次郎か、己か……」

すでに鴉の群れ喚く声や乱れた羽音が錯綜していた時、儂《わし》には小さな命のこと切れる瞬間が分かっていた。現世の縁から魂が浮き、彼岸にその輪郭が現れてくるのを感じない死者はおらぬであろうから。

だが、初めて鴉の死骸と気づいたその男の言葉を、怯《ひる》みと取るべきであろうか。

いや、違う。

怯みや懼《おそ》れからという類の言葉ではない。

死ぬことと見つけたり、という文句が死への恐怖から解き放たれるための断崖のごとき言の葉であるように、死と背中合わせの男にも、むろん懼れはあるのだ。あの怖気に固まりそうになった、一乗寺下り松での一件を思い起こせば良い。まだ、七、八歳の幼子のつぶらといっていい瞳を見た時に、居付いた己を。恐怖で見開いた子供の目の中に、刀を振り上げる自らの黒い影が歪《ゆが》んで映っていたのである。

刀がためらった。

世界が凍る。

理不尽、という言葉が脳裏を過った時に、その想いこそ吉岡一門の狙い。幼い少年を頭領に立てれば、いくら残虐非道なる男であっても斬ることはないであろうという謀《はかりごと》。

一門を倒す以前に、生き死にの局面にその浅薄《せんぱく》な計算が入り込んできたと感じた瞬間に、自らの道を愚弄《ぐろう》された怒りに、万象が白く灼けた。

幼い細い首は草を薙《な》ぐように抗《あらが》うこともなく飛び、あまりに真紅の血潮が噴き出て、男の顔や衣を染めたのだ。その血のにおいは男から一生離れないことになるのである。

何故ならば、男につきまとう儂こそが、その又七郎であり、男が初めて殺害した有馬喜兵衛であり、吉岡伝七郎であり、これから命を落とすであろう小次郎であり、遊女であり、鴉であり、闇部山《あんぶざん》の僧であり……。

「巌流《がんりゅう》は……気づいておらぬのか……」

黒い羽毛を散らせ、臓物を引きずり出された鴉の死骸を見下ろして、男は呟くであろう。怯みや懼れからではなく、幾羽もの鴉の群れに嬲《なぶ》られ、翻弄されているのは、小次郎なのか己なのかということである。

中条流の中興の祖富田勢源《とだせいげん》の打太刀《うちだち》をつとめたという小次郎なる侍。豊前の名族である佐々木一族となれば、修験道の聖地ともいわれる彦山岩石城を本拠として、その秘法を剣に取り入れているはずである。

少し前なら、小次郎の三尺余りの長い太刀による燕返しなる秘技と剣風を、それでもこの目で見たいと思う己がいたであろう。また己の剣で何としても破りたいとも。

だが、斬ることの己が身の虚しさにようやく気づき始め、戦気も失せ、さらには重い鬱気《うつき》に襲われている態である。これが男の成熟の三十路に入る契機になってくれるのかも知れぬが、まだ、勝つことに取り憑かれた殺人剣が、心の奥底で息を潜めている方が楽だったと、男は思うのである。

触刃《しょくじん》の間合いに入れば、三千世界が消える。対峙する相手のみである。だが、その剣先の触れ合った所から生き死にまでの厖大《ぼうだい》な距離と、また対極にある一瞬という時間。圧縮された襞の一つ一つに、人ひとりが抱える半生の恐るべき様相が隠れている。

子がある。妻がある。色がいる。病いを抱えている。財がある。赤貧に喘《あえ》いでいる。信義がある。功名への野心がある。生きたい。勝ちたい。神仏を信じる……。

死ぬわけにはまいらぬ、との想いの強さに縛られて勝機を失う人の切なさよ。

技量の優れたる者と、劣りたる者の立合いは、見苦しいほどさもしい心地がするが、武勇の優劣つけ難い者同士となると、世界が軋《きし》みを上げるがごときで、何のための斬り合いかと無常の咽《むせ》びが聴こえてもこよう。さればこそ、触刃の間合いに入らねばならぬのである。

切迫した純粋な間合いに、政《まつりごと》の汚らわしき息が入り込むことを、男は嘆いているのであろう。

吉岡一門の面目をかけての一乗寺下り松の決闘——。

陣幕の中にも外にも数十人も吉岡一門をはべらせ、首領に幼い童、又七郎を立てた。

まさか、いくら羅刹《らせつ》の男といえども、童子は斬るまい。つまりは、首は取られまいという謀《はかりごと》であった。だが……。

太刀が一瞬逡巡《しゅんじゅん》して後、男がこれまで見せたこともない電光石火の速さで、又七郎少年の首を刎ねたのは、政や企ての綱を斬ったということだ。しかも、やわらかな羽で優しく首元を撫でられ、一気に天空へと昇らされるような殺《あや》め方は、死にゆく者に、死にゆくことを知らせぬままの太刀筋ではあった。それは儂も認めよう。

それからの下り松での立ち回りの激しさ……。

男の怒りの爆発がそのまま左右に持った太刀と小太刀の動きとなって、不動明王の背負う火炎のように燃え上がったわ。

腕が飛ぶ。

首が飛ぶ。

腸《はらわた》がまろび出る。

血しぶきの錯乱。

朝顔の種が爆《は》ぜるように、吉岡一門の者どもが男の二刀の舞に寸断されていく。ぬかるんだ田にも畔《あぜ》にも、生首が咲いたかと思えば、刀を握ったままの腕が生える。

「戯《たわ》けーッ！　戯けーッ！」

男の喘ぎに混じった叫び声は、修羅《しゅら》の息吹《いぶき》のように血溜まりに波を立て、自らの刀の犠牲となる者への嘆きであると同時に、己の殺人剣への嘆きでもあったであろう。斬ることの理不尽……少年の青白い首をいとも簡単に刎ねた刹那《せつな》から、男は刹鬼《せつき》と対極にある、菩薩のほのかな光の温かみを嫌でも背に負うことになる。苦悩の始まりである。そして、「独行の這入」と呼ぶ扉が開いたのだ。

それまで気づきもしなかった暗い扉が男の胸の底でおもむろに開き、瘴気《しようき》にも似たべたついた気が漏れてきた。見るものや触るもの、まわりのものに一枚、膜が張ったようでもある。

刀の手入れはむろん、湯のみをほんのわずか横に動かすことさえ重い。茣蓙《ござ》のほつれた目を見ているだけで、死にとうもなる。

「一体、これは何ぞ！」と、無理にも太刀を抜き、宙を斬ってみるが、刃筋が波を打っている。

心の扉がゆるりと開いて、さらに奥底にある闇の沼。時々ぬめるかのごとく鈍色《にびいろ》の光が揺れる。かと思うては、しぶきが立ちて獰猛で陰惨な化け物が現れ、己をじっと窺《うかが》っているのだ。言の葉にできぬ不可解なる蠢きは、殺しに走らせるかと思えば、荒涼とした色のなき虚無を開きもして、だが、一輪の花を持ちたる女童のように微笑むこともある。これに捕まると、もはや己が何をしでかすのか分からない。十方世界《じっぽうせかい》を呪い、修羅のごとく暴れたくもなり、己を底なしの池にでも投じたくもなる。

それでも、いずれは抜け出せるであろう、と男も思っていたのだ。だが、そう簡単にはいかぬのが、「独行の這入」に陥った者のさだめである。現実とやらの緞帳《どんちょう》が上がって、まったく別の新しき景色が現れると思うたら、あな無残、同じ風景がそのむこうから現れるのだ。

夢でも見ているのか、と男は解してみたが、それが永久に続く夢だとしたら、いかにする？　と恐慌の予感に怯えたはずだ。そして、そのうち、にやりと笑うように、静かに「独行の這入」が開いて、闇の光が放射され始めたのである。いや、扉が開いたから、魔の息がかかり、世界が曇り始めたともいえるか。目の前にある風景やら物やらを、異様なほど遠くに見せる不可思議なる光学が男を支配し始めたのだ。

だが、その「独行の這入」の奥に蠢くものに目を凝らす時こそ、じつは男の勝機でもある。そこにこそ、男の剣が斬り裂いて、しかと見るべき実相がひらけている。

鴉の死骸に見入っていた男であるが、ふと眼差しを横の一点に落としたようだ。地に木刀の剣先が触れぬように柄頭《つかがしら》を押さえると、片膝をゆっくりつく。

一匹の蟻である。

細い鉤型《かぎがた》の触角を互い違いに揺らしながらも、貪婪《どんらん》に鴉のまだ濡れた血の新しさと死臭を嗅ぎ分けるようにしている。落城に一番乗りする、黒い剽悍《ひょうかん》な甲冑《かっちゅう》をまとった兵のようにも見えた。

男は一寸にも満たない蟻を、人の丈とも思い、また自らが巨人ともなって軍兵を見下ろすように息をじっと潜める。

この極小のからくりに似た虫が、鋼《はがね》のような肢《あし》を動かすこと、百合の雄蕊《おしべ》のごとき触角を揺らめかすこと、切れんばかりに細い腰のくびれを強靭《きょうじん》にひねること……。その怪異に、命なるものの妙を覚えるが、己の指先がわずかに動くことも、また同じである。

一体、三千世界の気の流れがいかに形を取って、この蟻となり、この己となるのか、地に立てた木切れがいずれかに倒れるほどのことにも思える。だが、この立てられた木切れさえも、また己であるということもある。あるいは、木切れを倒した微風すらも。

いや、未生《みしょう》も死後すらも、分別のない仮象として森羅万象の一つ一つに宿っているともいえる。あそこにも己がいる。ここにも己がいる。己の腕にも死者の霊が宿り、脚にも風が吹き、心の臓にもまだ生まれぬ刻が震えている。

それであっても、剣だの、勝機だの、と念ずるこの己なる者……。何をして己などと信じ、証とするか、分からない。

と、目の端に点々と連なり始めた蟻の列に気づいて、男はいきなり木剣を抜いた。そのまま垂直にかざしたと思うと、鴉の骸《むくろ》の間際にいる一匹の蟻に剣先を突き立てる。すかさず二匹目。そして、三匹目。

森の中に、土に突き立てる木剣の音が鈍く谺《こだま》する。撲殺するかのような陰惨な音にも聞こえるが、男にとっては自らを瞬時に潰しもし、舟島に群がる輩《やから》を潰してもいるのだ。

しまいに男は立ち上がり、蛇行する蟻の列を草鞋で蹴散らし始めた。力を込めた眉間の下で剝いた両目を、さらに見開いている。

肆《し》

憑依した一匹の蟻から儂《わし》が抜け出すと、男は砂埃《すなぼこり》にまみれた袴《はかま》の左裾《すそ》をまくって、肩で息をしていた。

太腿《ふともも》までたくし上げた袴を左手で握りしめ、右手の指先には蟻が一匹潰されている。

さっきまで突き刺していた木刀も、地に投げ出したままだ。

男があまりに躍起《やっき》になって蟻を蹴散らし、木剣で突き刺しているのが面白くて、儂は一匹の蟻に取り憑《つ》いてみたのよ。

憑依《ひょうい》してみて、この小さき蟻の身体がじつに按配よくできていることに驚きを禁じ得ぬ。人間世界の寸法にならえば、鎗先など簡単にへし折るほどの甲冑をまとっていることになる。

自在に動く六本の肢や、いかなる些細な気配をも逃さぬ鋭敏な触角、鎖の連結よりも強き胴のくびれ、何本もの首を一度にちょん切るほどの半月形の牙。富士の高嶺《たかね》から突き落とされようと、まったく損傷しないのではないかという強靭さなのである。

さて、上から大きな影が現れて、儂は左に跳ねてみる。他の蟻はその影に叩き潰されているが、儂はそうはいかぬ。意表を衝かれたのか、男が目をひん剝いて、さらに木剣の先を突き刺してくる。今度は右に飛ぶ。

左、前、後ろ、と突いてくるたびに跳ねる蟻を見て、男は蜘蛛《くも》とも思ったか。業を煮やした男が草鞋《わらじ》で蹴散らしにきた時に、儂はその汚い足に飛び移ってやったのよ。

足の甲から足首へと渡り、脛毛《すねげ》の生える壁をちょこちょこと登ってやった。風呂に入る習慣をまったく持たぬ男の袴の中は、噎《む》せるほどの悪臭と蒸れで反吐《へど》が出そうになる。それでも、剣豪の腱の張った膕《ひかがみ》へと回り、内腿の少し柔らかき肉の所を、両の半月形の牙で思い切り挟み込んでやった。

「この糞蟻がッ」と男の怒声が聞こえたところで、儂は蟻からするりと抜け出て、男の後ろに揺らめき立った。その時、男の掌が袴の上から内腿を馬鹿力で叩いたのである。

男は潰した蟻を指先で弾き飛ばして、何を思うたか、たくし上げていた左足の袴をさらにたくし上げる。そして、薄汚れた褌《ふんどし》に指を繰り入れると、ふすぼった陰茎《へのこ》と睾丸《こうがん》を取り出した。

異様なほど筋肉のみなぎった左足と、袴の垂れた右足を、交互に進めながら、男は憮《ぶ》然《ぜん》とした面差《おもざ》しのまま杣道の端までいき、少し見晴らしの利く所で立ち止まる。そして、低く唸《うな》りながら、おもむろに尿《ゆばり》を放ち始めた。

草を裂くような音がしたかと思うと、黄金の軌跡が大きく宙にうねり、玉しずくとなって飛んでいく。ふと、男が何気なく銀鼠《ぎんねず》の関門海峡から上を見た時、季節には少し早い入道雲がそびえ立っていた。

男は虚を衝《つ》かれて、色の悪い唇を半開きにし、生まれたてのような真っ白の峰雲《みねぐも》に思わず見入る。儂も男の横に揺らめいて、その力強く隆起した真白き瘤《こぶ》の様を見やった。

噴煙のように一段、二段、三段と重なりながら、夥《おびただ》しい拳の群れが競い合って力をみなぎらせている。大きな瘤には大きな薄青い影、小さな瘤には小さな薄青い影。その影すらも、忠実に隆起する雲の稜線の起伏を表わしている。

男は一瞬、東大寺南大門の運慶の金剛力士像を脳裏に過らせたようだが、その巨大さや微細な変化に、違う、と首を小さく振る。

圧倒的な迫力で立ちはだかる入道雲は、確実に形として奔放《ほんぽう》なみなぎりを見せつつ、自らの存在を取るに足らぬ卑小なものにする。だが、雲自体は何処《どこ》までも気なのである。風が吹けば、すぐにも形を変えて崩れるほど柔らかきものだ。であるのに、なにゆえ、畏怖をもたらすほどの崇高な美しさを孕んでいるのか。

路傍の地蔵菩薩にも、とぐろを巻いた腸《はらわた》の重なりにも、癩《らい》を患った者の肌にも見えながら、見事なほど純白の荘厳な像を自然はこしらえている。

「うぅぅぅ……」

と思わず、男の腹の底から唸りが漏れ上がってきた。

「……なにゆえ……あのような……」

美しさと強さがあるのか、と男はいいたいのである。目の前の峰雲のそびえが、強烈なほど胸の底に痛く染みてくる。

「この疼《うず》きは……何であるか……」

今まで、生地《せいち》の美作《みまさか》でも、山城でも、江戸でも、当たり前に見てきた入道雲の様が、なにゆえ、今、こうも全身を震わせてくるのか。

これは明くる日の決闘が控えていることとは、まったく無関係にある。いや、むしろ、見ている刹那はすっかり佐々木巌流小次郎のことを忘れていたのだ。

たくし上げていた袴がだらりと落ちた。だが、男はかまわず峰雲の厖大《ぼうだい》な塊に見入った。

と、雲の上の際のあたりだけ、うすく橙色に染まり始めて頬を赤らめるような柔らかさを帯びている。はるか水平線のむこうで沈みかけた太陽の光が、上の方の雲にだけ届いているのであろう。それがさらに色を濃くして銅色《あかがねいろ》に変わり、雲の細かな瘤の影がよりくっきりと際立ち始めた。

まだ空は昼のままであるのに、あの雲の端だけ暮れかけている。身体の奥がわななくように震え、男の口から短い吐息がいくつか漏れ始めた。あまりにも遠い銅色の光が、自らのいずこか……そうよ、「独行《どっこう》の這入《はいり》」に通ずるように、男には思えたはずだ。

さらに見よ。

鬱《あつき》を招いた、不可解な悪気。得体の知れぬような魔物が蠢いて、形になるもの、形にならざるものが、混沌と混じり合い、もつれ合い、己を苦しめている「独行の這入」と、あの峰雲のあわれと幽玄が、なにゆえに通じるのかは分からない。その扉の鍵穴が入道雲の大きさに広がったようにも思えた。

「うっ、うううっ、ううっ……」

男自身にもわけが分からず、嗚咽《おえつ》が唇から漏れ始めた。儂はその顔を真横からくっつくくらいの近さで見つめる。張った小鼻から洟《はな》が垂れ始めて、無精ひげを濡らし、真一文字に結んだ唇が痙攣していた。血の道の浮く見開いた目には涙が滲《にじ》んでいるのである。しまいには、自らの胸襟を片手で強く握りしめて、ごつい指を震わせている。

わけが分からぬであろう。

男がいずれは「五輪書」を書くために手にしたであろう、世阿弥翁の文にはこうあるではないか。

――言語を絶《ぜっ》て、心行所滅也。是を妙と見るは花也。(「拾玉得花」)

いや、「五輪書」は男が自己肯定のために懸命に書いたものともいえるし、男ではなく弟子が書いたという噂もあるが……。まあ、それはどちらにせよ、問題ではなかろう。その心の奥底にある、言葉なき世界の「妙」が、今、峰雲の花を見て、逆に導き出されているのである。

そして、あの美しい雲には、言葉がない。意味がない。

伍《ご》

「お武家さま、お帰りになられましたか」

豪奢《ごうしゃ》とは程遠いが、それでも北前船《きたまえぶね》などで全国を巡る船頭たちの宿である。黒瓦の堅牢な亭《てい》の前に、主の小林太郎左衛門と、三十路に近いか、ほっそりとした下女が、男を迎えに出てきた。

「また、世話になり申す」

小倉の松井佐渡守興長に呼ばれて下関に入った数日前から、寝泊りさせてもらっている宿許《やどもと》である。

「ぜひともごゆるりと、座敷の方でお過ごしくださるれば……」と、太郎左衛門が頭を下げながらも、男の汚れた袴に視線を泳がせる。

埃だけならまだしも、何を零《こぼ》したか生乾きの部分にさらに島のような模様で砂埃を集めている。さらには、草鞋履きの素足にも葉脈のような筋で砂埃がこびりついている。

「いや、水主《かこ》らの泊る小宿《こやど》で良い」

自らの風体が、船頭の泊る房《ぼう》にふさわしくないというよりも、舟島近くの潮の流れや風については、いち早く小宿の方に知らせが入る。まして、立合いを控えた武芸者が飯盛女郎などをあてがわれて如何にする、と男は殊勝にも思っていたようだ。

と、太郎左衛門がふと伏せていた目を見開いて、男の腰に視線を投げた。

「お武家さま、帯びておられた木剣の方は、いずこにか……」

男の袴紐には脇差《わきざし》しか差されていない。

「……良いのだ、良いのだ」

良いのだ、もなかろう。

男は入道雲の崇高さに言葉を失って、なにゆえ嗚咽が己の口から漏れてくるのか分からなくなり、捨て置いた木刀で空無を斬ろうとしたのだ。だが、地面の上に置いた木刀にいつのまにか蟻が群がり始めていて、雲なる自然のあわれと、蟻への苛立ちに、頭に血がのぼってしまった。木刀を引っつかむと、いきなり唸り声を張り上げながら、そびえ立つ入道雲に向かって、投げつけたのである。

儂もそこでまた悪戯をしかけ、木刀に男の頭や、あるいは爪先《つまさき》を一撃させようかとも思うたが、いや、むしろ、宙を遮二無二《しゃにむに》回転して飛んで、谷の底へと消えていく木刀を、男に茫然と見送らせた方がよかろうと判断した。鬱にやられた男を、あのように爆発させるのは、さすがに関門海峡の入道雲である。

男はその時、一瞬でも、小次郎との果し合いを放棄しようかという想いを脳裏に過らせたであろうか。いや、すでに峰雲の美しさに斬られているのだ。頭の中は意味が白くなっていくように、灼けていたであろう。

「……良いのだ、太郎左衛門殿」

太郎左衛門は男の心に立ち入らぬ方が良いと見たか、束の間、眼差しを揺らした後、

「さ、さ、どうぞ、ごゆるりと、こちらへ」と下女に案内させた。

かすかに百合の花のごときにおいを醸《かも》す女についていけば、小宿とはいえ、十畳ほどの広さの、磨き抜かれた部屋である。他の水主らは、また別の雑魚寝部屋かも知れぬが、男は太郎左衛門の厚意に甘えることにした。

「お武家さま。ただいま、お茶をご用意いたします……。して、その……」

胡坐《あぐら》をかいて坐る男の袴を、女は静かに一瞥《いちべつ》して、目を伏せる。

「失礼ではございまするが……そのお召し物は少し汚れておられますに。すぐにも濯《すす》げば明日には身に着けられましょう。どうぞ、お代わりのものをお持ちいたしますゆえ、お脱ぎになられては……」

男は自らの袴に目を落としたが、埃まみれの着物など当たり前になっている。さような物よりも、すぐにも必要なものがあった。

あれから佐渡守興長の屋敷をひそかに抜け、城下から足早に出てきたが、今頃は、佐々木小次郎との立合いに臆したとでも噂されているかも知れぬ。

だが、佐渡守としては放っておくわけもない。主君忠興に舟島での立合いを説いた手前、どんな手を使っても自らを探すはずだ。いずれ下関のこの宿に佐渡守の使いの者が現れるに違いない。

「いや……。着るものよりも……急ぎ、墨と紙を頼む」

しばらくして、かすかな百合のにおいが障子戸からふくらんできたかと思うと、湯のみと墨磨《すみす》りなどを持ってきた女が、廊下であらためて三つ指で深く頭を下げる。はかなげなうなじの白さに、男は一瞬視線を緩めたが、すぐにも眼差しを外して、盆の上にのった二つの湯のみに目を凝らした。

女は茶托をたおやかな指遣いですくって男の前に置き、もう一つの湯のみを女の斜め前に丁寧《ていねい》に置く。一体、ちょっとした世間話でも自分とするつもりか、と男はわずかに唇を引いて女を睨む。だが、静かに目を伏せて、墨と紙を差し出してくるだけだ。
憮然《ぶぜん》としながらも墨を素早く磨り、男は筆を走らせる。

「佐々木巌流小次郎殿との立合いにつき　ご厚情とお心遣い　かたじけなく存《ぞん》じ候《そうろう》　このたび小次郎殿が細川忠興公の御船にて参るとあっては　主君に仕え給う貴殿の御船に立合い相手の某《それがし》が乗ること　いかにも無礼なることと存じ候　此許《ここもと》の舟にて参る所存にて　御容赦いただきたく御願い申し上げ候」

勢いがありつつも、筆速《ひっそく》に惑わされぬ凛とした文字ではある。女も紙に透ける男の墨文字をうっとりと眺めていたかというと……その視線はいずこを向いているのか、宙に止まっている。男は片眉をねじりあげて、女の斜めに視線を流している様をさらに睨んだ。
一体、この女は何を考えている、とでも思うたか。

男は女の面差《おもざ》しを確かめながら文を畳んで、「これを……太郎左衛門殿にお渡しくだされ」と差し出した。と、ようやく女の目線が我に返ったように戻ってくる。

「……いかが……された？」

「……いえ、何も……」

女はわずかに睫毛《まつげ》の影を震わせるようにして、目を伏せる。女の不可思議な表情に、束の間気を取られた男だが、文を太郎左衛門から佐渡守の使いの者に託してもらえば、取り急ぎは筋が通るであろうと、茶に手を伸ばした。

「……それでは、のちほど、お召し物を……」

女はふたたび三つ指で辞儀をすると、そのまま自身の茶には口もつけず、また世間話をするでもなく、さらにはその湯のみを置いたまま部屋を滑るように出ていった。

男は口元までやった湯のみの手を止める。

細めた目の中で、凝り固まった瞳が横を睨み、宙を一刺しする。そして、また異様なほどゆっくりと湯のみを茶托へと戻した。あたかも、敵のわずかな気配の動きにさえ反応できるような息遣いである。

「……おぬしは……何者だ……」

男が低く唸《うな》るように声を発した。

男の身体の輪郭に、殺気が炎のように揺らめき立つ。息の音が聞こえぬほど静かになる。

男の中は澄んでいるのか、渦を巻いているのか。静脈の浮いた右手の甲にかすかな影の走りが見えた。と、袴の右膝が立ち、脇差の刃が一閃。光の弧が宙を裂いた。

ようやく、分かったか？

儂の左のこめかみから右の肺腑へと、男の刃は瞬時に斬りおろしてきた。だが、儂は霧のようなもの。また、ゆらゆらと元に戻る。

男の見開いた獰猛な眼差しが、すぐ目の前にある。盛り上がった眉間に刻まれた皺。その下の、わずかに茶色がかった瞳のみなぎりに、さっきの下女が置いていった湯のみが、たわんで映っている。

「おるのか……？」

男はさらに宙の一点、つまりは儂の目をもろに直視しながら、声を発した。

息を詰める。男の乱れた蓬髪《ほうはつ》は一筋たりとも震えはしないが、日に焼けた額にはびっしりと汗の玉がひしめいて、そのところどころで煌《きら》めいている。殺人剣の片鱗はまだ残っていると見えるが、儂には山中、入道雲を見てわけもなく慟哭《どうこく》した男の顔の方がよほどに良いものと思える。

男が詰めていた息を一気に吐き出し、いかつい肩から力を抜く。

「……気の……せいか……。未熟なり……」と、溜息ともつかぬ声を漏らして、汚れた袴の膝を床板に滑らせると、脇差を鞘《さや》に納めた。

気のせいではないわ。

あの百合のにおいのする下女には、見えるらしい。よけいなことを問うてこなかったから良かったものの、儂のことは男についてきた旅の僧として当たり前に見ていて、茶を出してくれたのであろう。ただ、時々、体が透けたり、歪んだりするのを不審に思っていたようであるが……。

男は丸茣蓙《まるござ》の上に尻を下ろすと、それでもしばらく耳の後ろで気配を探っていたようだ。

これは男独特の、世界との間合いの計り方である。眼で見る「観」だけではなく、両耳の後ろあたりで気配をとらえるのだ。

眼、耳、鼻、舌、身……これらの腑分けされたとらえではなく、何か混沌とした、獣のような感覚というてもいい。だが、儂の半跏趺坐《はんかふざ》して坐っているあたりに気を払いながらも、男はもう一度深く息を吐き出して、文用の巻紙に視線を下ろした。

これで夜が明けるまで、巌流小次郎との間合いと縁の駆け引きが熟すための、悠久の刻を持つことができるか。それとも、果し合いなどやめるか……。

いや、ここからが男と儂との闘いとも、命懸けの問答とも、魔界への扉を開くための刻ともなるのだ。

陸《ろく》

男は巻紙を無雑作に転がして板敷の上に延べ、その白に見入っている。

わずかに細めた眼差しの先にあるのは、小次郎の持つ三尺余りの大太刀・備前長光《びぜんながみつ》の刃筋か……。

違う。

果し合いの要を練るための視線ではない。見えてくるのは、まずは山中で嬲《なぶ》り殺しにあった、あの一羽の鴉である。

――己か、小次郎か……。

男は巻紙の上に、墨を含ませた筆先を垂直に立てたかと思うと、一点を突く。そこから、素早い筆走で歪んだ曲線を描いて、また、見る間につづら折の線で戻した。

かすれた筆先で細く撥《は》ねた痕は、宙を無言で掻《か》いている足の爪である。黒く塗り潰された骸《むくろ》の脇には、斑点に似た羽毛があちこちに散っている。

群がろうとする蟻に、なにゆえあれほど過剰に苛立ったのかは、男自身が最も知っている話だ。山城国一乗寺で幼子を斬り、また、その後、いまだ誰も知らぬ僧殺しを経て、三千世界が何者かによって操られているという猜疑心《さいぎしん》にとらわれているからだ。

男が勝てば、立合いという名のもとで佐々木巌流小次郎は死する運命にあるだろう。だが、それは己の一撃によるものではない。だからこそ、男は「命根の輔弼」を佐渡守に約束させたのだ。

おそらくは、兵法指南役小次郎が邪魔となり、葬ろうとする動きが小倉細川藩の中にあるに違いない。佐々木一族が力を持ち、細川藩を脅かすほどの勢力を拡大しつつあるのは、山城国にいた頃にも噂に聞いたことがある。さらに、真実かどうかは別にして、小次郎自身が切支丹《きりしたん》ではあるまいかという話も、「天資豪宕《てんしごうとう》、壮健類なし」の剣法と同時に、耳にしたことが男にはあった。

突然の立合いが舟島で用意され、しかも佐渡守の屋敷を出る頃には、何ぴとも小次郎と男のいずれの味方もしてはならぬという不用なる達しと、島に渡って物見することはならぬとのお触れが出ていたことで、男の疑念はさらに固まったのだ。

また小次郎が万が一にも勝利をおさめたとして、男の命は小次郎の名で取られるが、その後で男に味方する者らが何処ぞに隠れていたとして、寄ってたかって小次郎を斬り殺したという話が、流されることになるに違いない。

むろん、小次郎をそののち、鴉の骸のごときにするのは、細川藩の企みに乗る者達であることは明白。

男は鴉の骸の横に、さらに鋭く筆先を湾曲に走らせた。

「……くだらぬ陰謀のための立合いとは……」

一気に斜めに墨線をおろしたと思うと、かすれた筆毫《ひつごう》を寝かせて素早く上下させ、見る間に命を吹き返した黒い羽にしていく。すかさず、硯池《けんち》の墨に筆先を突っ込むと、ためらいもなく宙に筆を振り上げ、墨の雫《しずく》がそのまま白紙に飛び散ったその墨跡に、筆毫を叩きつける。命を宿し始めた片羽《かたは》と、もう片方のだらりと垂れた片羽の鴉が、胴体をもたげつつある。

まだ死んでいる片羽を地面にこすりつけながら、ばさばさと這い回り、そのたびに胴体が痙攣しながら、確かな脈動を取り戻し始めるようでもある。羽毛が逆立つ頭部の半眼の中に、何を睨みつけるか、黒曜石を思わせる異様なほど尖《とが》った光が覗いてもいた。

「小次郎よ。気づけ」

さらに男は巻紙の白を床の上に伸ばす。

男の眼差しにも極度の集中からか、生来の妖気に似た光が帯び始める。

男に山城の鞍馬山で殺された儂……闇部山兜跋寺塔頭・燈籠庵住職愚独《あんぶざんとばつじたっちゅうとうろうあん》は、その眼こそ男に求めたものであったが……。

「ふッ！」

男が短い気を吐くとともに、新しい面《おもて》に筆先をおろした。

微細な線の往復からいきなり大きく湾曲した墨線がふくらむ。巻紙に筆を縦横に走らせて、今度は、地に両足の鋭い爪を立てて起き上がり、癒えたばかりの両方の羽を広げ始める鴉になった。

透けた蛇腹のような羽を宙に動かすたびに、山中の神秘めいた精気を吸い込み、まだ生き返ったばかりで慣れぬ羽ばたきをすれば、胴体がぎこちなく上下する。

男の筆に力がこもり、硯池の墨汁に素早く筆先を浸けては、紙の上に走らせる。鴉のまばらな羽がつややかに濡れ、力を持ち始めた。黒曜石の眼光がさらに透徹したように空を睨んで、一点を見据えている。

「ふッ……ふーッ」

羽の付け根がすくんだように隆起したかと思うと、両足が力を溜めて屈む。湾曲した爪が煌めき、自らの血で濡れた土を噛んだ。一瞬、空気が凝《こご》って無音になる。鴉の眼に新しい景色が開けたか。

腹と尾が地に密着するほど屈曲した足を、蹴り上げる。

羽が広がる。

一陣の風が起き立ち、羽毛の一つ一つが逆立つようだ。漆黒の艶が全面に広がったと同時、紙の白がかき乱されて音を立てた。

飛んだ。

すべての気を抱え込むように黒い翼が羽ばたき、擦過する羽音の逞《たくま》しい躍動が冴する。二度、三度、四度と勢いづいて羽ばたくたびに、黒い姿態が紡錘の形に伸びるようで、見る見る天空へと小さくなっていく。その速度が耳鳴りをもよおすかのようである。

生まれ変わった鳴き声で世界を震わせるか。

小さな影が空のむこうで弧を描き、またそのクルスに似た小さな影が次第に大きくなってくる。

無音。

と、すぐにも気を裂く羽音が大きく気を震わせ、猛々しくなったかと見ているうちに、広がった翼の両脇に円光のように放射する何本もの指の生えた影がある。

いや、翼の幅も大きさも、鴉のものとは違う。鳥、というよりも、獣の獰猛《どうもう》なにおいがする。

獲物を狙う、貫き射る眼差しが近づいてきて、鎌の刃よりも鋭く湾曲した嘴は、鴉のものではない。羽音と影が一気に大きくふくらんだ時、その羽毛と筋肉で逞しく太くなった足が見えた。

鷲！

そして、鋭い鉤爪ががっしりと引っつかんでいるのは――。

生首である。

しかも、深く刻まれた眉間の皺と抉《えぐ》れた頬……己ではないか。片目をうっすら開け、薄青い唇から舌を垂らし、まだ首元から血のしたたる男の生首……。

「……仏に逢うては……仏を、殺せ……。己に逢うては……己を……」

巻紙の白との間合いを計っては、瞬時に筆先を叩きつける男を、いかに見るか。

焦点の見出せぬ白の奥にか、間近にか、点を打った刹那に、世界との間合いが生まれる。己が吸い込まれもし、弾き返されもする空無の白に、賭けのように墨痕を叩きつける息遣いは、どうにも太刀打ちならぬ相手を前にした時と同じだ。そのどうにもならぬ相手の中でも、最も手をこまねくものが、己だと男はようやく気づき始めたのである。

一体、誰が墨の点を打つ？

一体、誰が、鴉の骸を描き、飛翔させ、鷲に変化《へんげ》させる？

そして、一体、誰が、引きちぎられた生首に、無情な爪を食い込ませるのか？

敵を作り出すのも、また己自身である。仕官への道のための功や武芸者としての宿などといって敵を斬るのは、単に俗塵《ぞくじん》に惑わされた自身の弱さゆえであろう。相手を斬り、相手に勝つ。その相手を作り出したのも己自身だというに、何の意味があろうか。稲妻が春風を斬るのに等しい。その時、斬られているのは、まぎれもなく己なのだ。

「………」

男が鬱に陥り始めたのは、闇部山での儂との問答が引き金になったではあろうが、元々、幼い吉岡又七郎の首を刎ねた時から始まっていたのである。自身を顧みることさえもなく、ただ遮二無二剣法一筋だった男が、胸奥《きょうおう》の暗い沼に引きずり込まれ、もがいていることは、むしろ求道者として入らねばならぬ道筋であると儂は思うている。

男には、鷲の引っつかんだ生首が、幼い又七郎の顔にも思えているのであろう。幼子の眼には、刀を振り上げた男の面《つら》が、この鷲のごとくにも見えたか。まだ言の葉にできぬ事態を夢と思うてくれたら、まだ幸いなれど、目が覚めることもない。

だが、夢を見ていたのは、男の方でもある。剣を持つ身が灼熱して、月白色に眼の前の風景がわななく時、それこそ雷の一閃の瞬間にもかかわらず、どこぞかに隙間があるかのような錯覚を起こす。夢であれ、現《うつつ》であれ、そこに入り込めば、わが身は現の刻から逃れ、次元を異とする閾《いき》にある感触を得る、と。

これは後の露国のラスコリニコフなる青年にも、アルジェの地で銃弾を放ったムルソーなる若者にも、わが大和国における平成の理由なき殺人者といわれる者たちにも、共通した病いといえるのではあるまいか。

げに恐ろしきは、その隙間を開示させてしまう心奥の沼のことである。男にいわせれば、「独行の這入」のむこうにあるものといえる。

しっかりと扉が閉ざされたまま、あるいは、気づかぬままに、寿命をまっとうする者たちを、明朗と儂らは呼ぶが、それが何の拍子か、わずかに開いたり、時には全開になったまま、三千世界を漂流する者がいるのだ。やがて、難破し、座礁して、ようやく自身が引っかかった所が日常である、世間である、と気づいた時には、無惨にも罪人となっているのである。

「……死を恐れ……、恐れるがゆえに、死に近づく……。恐れるがゆえに、死ぬ……」

男はしばらくの間、宙に筆をとどめたまま、自らが描いた鷲と己の生首を睨みつけていた。

ふと、廊下の奥から人の気配の近づくのを覚え、視線を障子戸に走らせる。すでに夕刻も過ぎて宵になっていたのか、闇に近いような部屋の中で、目を凝らして筆を執っていたことになる。

摺足《すりあし》の音が近づいてくるにつれて、障子戸がほの明るくなり、格子《こうし》の桟《さん》の影が微妙にゆがんでは移ろった。ぼうっと灯りが障子戸の前で広がり、大きな行燈《あんどん》の光にも似る。百合の香がかすかににおうてきたから、儂にはすぐにも先刻の下女だと分かったが、男は音を立てぬように筆を置き、わずかに身構えたようだ。

「……お武家さま。失礼いたします。粗末なものではございますが、夕餉《ゆうげ》をご用意させていただきとうございます……」と、障子戸が静かに開き、女の白い面が蠟燭《ろうそく》の炎に浮かび上がった。炎の揺れる影で女の顔が曇りも晴れもするが、切れ長の涼しげな目だけが黒漆《くろうるし》のように濡れ光っている。

「行燈に火も入れずに……これはこれは……」

女が流れるような動きで部屋に滑り込んできて、小首をかしげながら蠟燭の火を行燈の芯に移し始めた。

蠟燭にそえる細い指先のたおやかさと、白い肌を覗かせた小袖《こそで》の袖口の手元が、ほんのりと小さな炎に染まる。柳腰から尻にかけての柔らかな線に、じっと見入っている儂の姿が分かるのか、女がわずかに目の端でためらいがちに制してきた。そして、その流した目元を細めて亡魂の儂に話しかけてこようとした時――。

儂はその女の体を借りることにした。

柒《しち》

男が静かに箸を揃えて置くと、湯のみに茶を足す。

その時にもこちらの気配をうかがっているのが分かった。視線の動きや殺気というのではない。むしろ、息遣いがあまりに静謐すぎるのである。己から発するのではなく、空気の一粒子の乱れや動きを察するための静謐――。逆に気配を消して、こちらの息差しを吸い込もうとするかのようである。

「お代わりは、もうよろしゅうございますか……」

最前の鷲を描いた筆の持ち方も然《しか》りであるが、箸の持ち方にも独特なものがある。筆も箸もかなり柄《え》の方を柔らかく握り、遠い先で器用に細かい線を描き、また小さな飯粒を一つでも迷わずにつまむ。

焼いた鯵の身をほぐすにも、手元の指はあまり動かさぬにもかかわらず、箸の先が縦横に丁寧に鰺の背や腹を割いては、骨から身をはずしていた。この男の剣の使い方と同じなのであろう。

熊の手は一搔《か》きで相手を倒すというから鋼のごとく頑健だが、蜜の味を微妙に極め味わうための繊細さがあるともいう。男の手の内は、女の体をいかに扱うてくるのか……。

「早《はや》、とくと、いただいた」

男のわずかに伏せる目の端にも、こちらの呼吸に添う感じがある。薄紙を細く垂らしたものが、そよと揺れる風に吸いついてくるように、邪な動きを見せれば、男の脇差の剣先はおのずとこちらの身に刺し込まれよう。

「それでは、湯浴みでもなされては……。その間に、お召し物をお取替えいたしますので……」

「いや、良い」

男がいつからそのようになったか分からぬが、いついかなる時も湯の中に入ることをしない。

手元から刀を離した途端に、敵が斬りかかってくるやも知れぬ。幾多の剣客に打ち勝ったがゆえの用心でもあり、また男の首を名声のために狙っている輩もいるには違いない。だが、安心と心得た太郎左衛門が主《ぬし》の宿を訪れておいてもまだ、少しも休まらぬ心の底の毛羽立ちが、不幸でもあり、滑稽でもある。

「せっかくでございますから……」

「良いのだ。かたじけない。それはともあれ……」

思わず小さく笑いを漏らして顔を伏せると、男が片眉を上げる。

「何がおかしい……」

蓬髪と同様、炎にも似た獰猛な眉の逆立ちが難儀にも思える。

なにゆえに、もののふ。なにゆえに、をのこ。

その意識せずとも武張ったような構えだけで、弱さが表われているというもの。あまりにも弱く、脆《もろ》い。垢を流すこともできぬほど、脅えている。四肢を温かな湯の中に伸ばして、あくびの一つもできぬとは、用心深さというよりも臆病の鎧《よろい》を身にまとうて、安らぎの中ではその重さで溺れ死んでしまうということか。

「いえ……」

その鎧を剝《は》ぐ。剝いでみせる。

「……無礼なことをお尋ね申すようですが……」

男はまったく表情を変えず、こちらの気配の揺らぎさえ逃さぬようにしているようだ。武者の殺しにかかる気配などは読めても、女人の想うことや、心の綾の蠢きはこの男にはまだまだ読めまい。殺そうと思わずして殺し、泣こうと思わずして泣く女の心など……。

「……お武家さまというものは、皆……笑わないものでありましょうか」

自らの心の漣《さざなみ》がいかようにに変化するか、この本人にすら分からぬのが女とも。

「……笑う？」

凝視してくる男の眼の奥に、一瞬小さな間隙ができた。

瞳に虚ろな漆黒の穴が空いたと思うと、すぐにも敵意に似た光が戻る。

火打ち石から火花が散るような、ほんの刹那ではあったが、男の隙が覗いた。こちらに腕が相応にあり、刀を持っていたのであれば、刺し違えるくらいはできたかも知れず。剣での殺し合いなど、じつにつまらない。所詮、この男にみなぎる敵意の源は、勝ちたい、死にたくない、のみ。日の本一、天下無双、となって、それがどれほどのものか。貧しい話である。

「……いいえ、お武家さま。わたしは、ことあるごとに笑うてしまうのです。嬉しうても、悲しうても、辛うても、なんか知らん、笑うてしまうのでございます」

ふつふつと笑いの粒が込み上げてきて、また口元に手を当てて目を伏せた。

わずかに男に視線を流せば、怪訝《けげん》な色を帯びた面《おもて》はそのままに、眼差しだけを静かに落とし、こちらの膝に戻した手指を見つめている。今、おまえが凝視しているこの指が、おまえの体をまさぐり、撫で、心の奥底にある「独行の這入」の取っ手にかかろうことなど分かるまい。

何者でもあらず、ただ生きてあることの贅《ぜい》と難儀さ。いかような研鑽《けんさん》を積んだとて、名利が伴えばその鉤にぶら下がり、安心もし、また不自由ともなるではないか。名がある者にしがみつき、群がりくる輩もまた、隙あらば刃を向け、「我も我も」とおぞましい。ただあることの尊さは、その欲から放たれつつも、俗世の十字街頭《じゅうじがいとう》を黙して独り行くことであろうに。

いや、それとも、おまえは十字街頭にひざまずき、露国のラスコリニコフなる青年のごとく、「闇部山兜跋寺塔頭、燈籠庵住職愚独を殺したるは、我にて候」と泣き叫ぶか。剣の立合いでもなく、人を殺めた者は、もはや罪人。何者でもあらずと宣《のたま》う格などもない男であろう。まったく名もなく剣もなく、一人の悪人として地獄を経巡ることこそ、おまえが神にも仏にも近づくことの、唯一残された道といえよう。

薄い笑いを口元に溜めて、男の無骨な手を見つめる。一つ一つの角ばった爪が大きく、それが逆に幼いようにも、不器用にも思える。女に比べて、無用なものが多過ぎる。それがまたおかしく、今度は母か姉のような想いになって、温かな笑いが込み上げてくる。

「……して、お武家さま。先ほどの、御所望とは……」

「……ああ。太郎左衛門殿に頼んで、一本の櫂《かい》をたまわりたい」

「櫂……でございますか」

「乾いて髭《す》が入っているものでなければ、いずれでも良い」

巌流佐々木小次郎の、三尺あまりある備前長光の刀に対するための、木刀をこしらえるつもりであろう。あの入道雲の崇高さに茫然と言の葉を失い、自らの中にとてつもなき大きさの無が入り込んできた時に、それまで持っていた樫の木刀を谷下に投げ出してしまったのであるから。

大いなる白い隆起を前にして、その無愛想な唇から漏れたのは、ただの呻《うめ》きか溜息か。斬る、斬られるの剣の中にはいまだ雑な言の葉がうるさく満ちて、梅枝《うめがえ》のように理が節くれ立っているのを、感じたであろう。

小さい。脆い。刀を持たず、風の中を飄々《ひょうひょう》といく自由をなぜ持たぬか。闇部山で問われたのも、そこである。それとも、剣の中に隠れて、永久に地獄を経巡るか。その覚悟を迫った時に、男は蓬髪の先から指先まで狂ったように震わせ、剝いた眼に血の色をのぼらせたのだ。

弱い。弱いから、剣を抜く。

さように弱いおまえは、それでもやはり、舟島へ向かう気か。

今度は嘲《あざけ》りが立ちのぼってきて、さりげなく口元に手をそえる。

「かしこまりました……。無用の櫂、一本でございますね」

捌《はち》

いったんは部屋から下がったものの、用意したものは、男の召し物と湯桶である。

男が垢にまみれた衣を着ようが、尿臭い袴をはこうが、知ったことではない。男を素裸にし、肉を裂き、その心中に入り込んで、せせら笑うこと……。そのためであるならば、乳房をもぎ取られようが、陰門《いんもん》を裂かれようが、あるいはまた、白雪をしこたま注がれ、物の怪を妊《はら》むことも、厭《いと》うわけにはいくまい。

清らかな衣と湯桶を見て、男がなんともいえぬ苦みに顔をしかめたのは当然であろう。陰惨も極まれば、行燈の焦げた芯のようにもなるが、まだ男には女子供への情けを捨てきれぬ隙がある。だからこそ、吉岡一門の形だけの首領となった幼子を斬り捨てた悪夢から逃れることができないともいえる。

ほれほれ、見開いたつぶらな瞳に映るおまえの刀の影の悲しいこと、浅ましいこと……。

「櫂《かい》、と申したではないか……」

「明朝早くにお持ちいたすようでございます。櫂と申しましても、無用なるものは一本もなく、潮に枯れても、薪にもなれば、卒塔婆《そとば》にもなりますゆえ」

「……卒塔婆……と？」

「太郎左衛門は、まだ柄《え》もつかぬ、櫂になる前のもの……樫の棒、三尺あまりのものを用意すると申しておりました」

男の眼の中で行燈の光が揺れて、炎のような目つきで睨みつけてくる。こちらの真意を計っているのであろう。男はしばし息を潜めて眼差しを尖らせていたが、一拍二拍おいて静かに目を伏せた。

「……卒塔婆、か……」

と、言葉を漏らし、わずかに唇の片端が上がる。張った小鼻からかすかな笑いを漏らすと、伏せていた目の先が床に広げられた巻紙の墨絵に移った。目尻がわずかにすぼんで、射ているようにも、憐れんでいるようにも見えるが、あの山中で骸《むくろ》になりはてた鴉を思い起こしているのであろう。

行燈の炎の揺れが、巻紙の皺やら襞やらに影を作り、震わせているせいで、描かれた鴉の漆黒の翼がわななないて見える。いや、さらにその先に描かれた鷲の羽毛も、激しく風にあおられ、いっせいになびいていてもいた。

勾玉《まがたま》のごとく鋭く頑強な爪が引っつかんでいる男の生首まで、灯火の揺れで面差しが刹那刹那で変化して、笑うているようにも、泣いているようにも、叫んでいるようにも見えよう。又七郎の幼き顔が泣き、巌流小次郎の顔が笑い、愚独の顔が叫んでいるのではあるまいか。

「ささ、お武家さま。早う、お召し物をお脱ぎなされまし」

「良い」

「さような召し物では、夜の物が汚れてしまいまするに、どうぞ」

「衾《ふすま》も敷妙《しきたえ》もいらぬ。このままで良い」

男はそういうと胡坐をかいたまま両の拳を腰元の床につき、丸茣蓙を滑らせて、壁際へと寄る。

どうにもならぬほど汚れ傷んだ衣のせいで、路傍にいざる多くの乞食のごとき姿と変わらぬ。ただ、蓬髪に弊衣《へいい》とはいえ男のような頑健な体軀を持つ乞食などは、いずこの地でも見当たらぬであろうが。

男は一瞬袴紐に差した脇差《わきざし》に手をかけようとしたが抜きもせず、挙句《あげく》、懐手に腕を組んで壁に背を預けたと思うや、うるさげに眉間を深くして目を閉じた。強要ではかなわぬであろう。おなごの児戯めいた野放図で攻めるに限る。

「お武家さまぁ。そのような小童《こわらわ》めくことを……」

こちらも華奢《きやしや》ではあるが両拳を床につくと、小袖の膝を幾度か滑らせて男のそばに寄りてみる。百合の花の香が男の鼻先を温《ぬる》くかすめたであろう。それとも、女の襟足を通して、闇部山禅房で焚き続けた白檀《びやくだん》の香が紛れているか。

「ささ、お着替えなさいませ」

袴に沁み込んだ尿と汗の悪気をこらえながら、男の肘をわずかに引いてみる。ほんの触れる間際に、また懐手していた腕の輪郭が一瞬強ばったようにも見えた。総身の毛穴が開く程のことであろうが、この張りつめた殺気の漏れていること自体が居付き。息でも吹きかけでもすれば、脇差を抜くか、へなりと形代《かたしろ》のように倒れでもするようだ。

「早う、お武家さま。ほれ、このような……」

「良いというにッ」と、起こりも見せずに男が懐手をはずして、こちらの手を払ってきた。

羽のような柔らかさでいて、弾かれている。「あっ」と思わず声を漏らす間もなく、姿勢が崩れて前にのめった。儂よりも先に女の体が傾いて、危うく女の肉の気を残した己の輪郭が露わになりそうになる。咄嗟《とっさ》に男の袴の膝に手をつこうとしたら、女人とはいかなるもの。男の膝に勢いよくつこうとした手は、触れるか触れないかの和やかさがのっただけで、柳腰をくねらせるようにして保っている。

「いやですよう、ご無体な……。かように拒まれては、わたしが太郎左衛門に叱られるのです。さ、早う。……それとも、ここで大声を上げますするか。お武家さまがこげな下女を襲おうとしたとでも……」

姿を戻しながらも下から男の面差しを計っていたら、ようやく目がうすらと開き、そして、いきなり刮目《かつもく》した。

行燈の光を集めた男の瞳には、禿頭《とくとう》の老いさらばえた僧の顔が映っているが、男には見えようもない。細い眉根をせつなげに寄せて、憂いに濡れた瞳と恥じらいで、淡く赤らんだうなじを覗かせた若い玉女《ぎょくじょ》の姿があろう。

「戯けたことを……」

「ならば、ささ、早うお脱ぎになられて……。お武家さまは、ほんに手のかかる小童のようです。あれもいやじゃ、これもいやじゃ。七つ子、八つ子のようでございます」

袴紐の結び目に両の手をさりげなく伸ばしながら、それとなく男の面を確かめる。

「なにをいうても、いやじゃ、いやじゃ、と……」

闇部山から下りてきた時の、人の姿とも思えぬ放心……。まったくの虚ろとなった骸そのものが、道にもよらず、草むらにもよらず、ただ地に任せて転がるかのごとき様。そのがらんどうの黒き穴を抱えて、もはや生きる理もなく、漫事のなにかさえ分からぬ己になりはてた身が、里へと下りようと移ろうことの不可思議が、また黒き穴の底まで沁みる。

「七つ子のお武家さま……。八つ子のお武家さま……」

一体、己とはなにかと問う意味すらも霧と化して、四方八方に散り散りに陽炎のごとくほどけていったではないか。それでも、人が寄ってたかって石つぶてでもぶつけてくれれば己が分かろう。あるいは、恐ろしく腕の立つ者がいて己を斬れば、黒い血しぶきも上がり、また分かろう。だが、その時には、死んでいる……。

「七つ子の……」

「おぬし……誰のことを申しておる？」

見開いた獰猛な目がすぐ近くにあった。漆黒の瞳孔がさらに広がり、南蛮銃の弾のようにも見える。白目に血走る稲妻の数々。脇差には手がかざされてもいた。一乗寺下り松で、己が斬り殺した幼子又七郎のことをいうているのが、ようやく分かったらしい。さて、その脇差でいかにする？　いかにする？

「……お武家さまのことを……」

しばし、男は眼差しを凝《こ》らして睨んでいたが、一拍して短く息を震わせて目を閉じた。その眉根を凝らす俯《うつむ》いた表情から、苦渋にも悲嘆にもつながる記憶の糸を心の闇の中へ下ろしているのが分かる。糸の先が「独行の這入」に触れているか。くすぐっているか。

「……己でやる」

かざしていた手が脇差の鐔《つば》のあたりを握り、おもむろに年季の入った拵《こしら》えのものを抜く。

とろりと手脂で光った枯茶《からちゃ》の柄巻《つかまき》と頭。花鋏《はなばさみ》の柄のような左右海鼠透鐔《さゆうなまこすかしつば》に、やはり枯茶の溜塗鞘《ためぬりざや》。行燈の薄明かりのせいもあろうが、武具とは思えぬほどの重い気を醸している。

鯉口《こいぐち》を切れば、月光のごとき皓々《こうこう》とした光で、小宿の一間が照らし出されるに違いない。もしも、刃が現れたならば、その面には、紛れもなく泥のような老僧の姿が映し出されるであろう。

「お手伝いいたしまする」

「良いというに」

「さあらば……」と、少し冷めかけたかも知れぬ湯の桶に、藍の手拭いを浸した。

「水主らの背も流す身であれば、ご遠慮のう、お申しつけくださりませ」

目の端で、男の袴紐を解く気配は分かる。

だが、すぐ間近であるというのに、衣擦れがほとんどせぬような、遠く雪でも降るのを思い起こさせるほど、かすかな音である。多くの男らの馴衣《なれぎぬ》、徒衣《ただぎぬ》、小夜衣《さよごろも》、肌付《はだつき》……その脱ぎ着を目にし、耳にしてきた女であるが、さすがにうなじから尻まで総毛立ちているではないか。下手をすれば、身を借りたこのおなごまで殺されることもあるやも知れず……。

湯桶にひたした手拭いをゆるりゆるりと返したが、絞る力が出てこない。されば、おなこの閨房《けいぼう》の能に頼るしかあるまい……。

玖《く》

……勝つこと。

いかようなことであれ、勝つことが本位なり。

立合いでの名乗りなど生き死にの勝負には無用。姑息、奸計《かんけい》、裏切りなる言の葉は、闘いにおいては泥に浮く泡のごときもの。ただただ己独りが生き延びるための剣が、真の兵法と信じておる。

「……存じております。この胸の傷、その背の傷……これら己の肉を斬らしても相手の骨を真っ二つに斬るため。ああ、かような幾多の蛇の這うような、痛々しげなる痕を見るだに……愛おしう……。生きることが愛おしうなりまする……。甘えなされ……更々《さらさら》、甘えなされ。乳の桜を更々、お含みなされまし……」

敵が斬りにかかる太刀筋を見ていては地獄。その刹那に相手の剣の下に、間合いの中に踏み込むのだ。

中に入れれば極楽。相手の衣を着るかの心地で、迷いなく入り込めば、剣はすでに心の臓を貫いておる。

「もっと貫きなされ。甘えなされ。われの花菱《はなびし》が壊れるほどに、お武家さまの剣を貫きなされ……。百合の香がにおいまするか。酔い心地になりまするか。蝶が蜜を吸い、戯れて、周りに敵などいずこにもおりませぬ。お武家さまは……桃源郷にても、剣を捨てませぬか。お武家さまの刀が、あふるる蜜でとけておしまいになるやも……。かような鋼のごとき剣が、とけまするやも……」

されど、さようなことは相手が己を殺しにくる時……。

「洛外の蓮台野《れんだいの》……お武家さまは木刀を以て撃ち、たちまち斃《たお》し……、五尺あまりの大刀を持つ、豪兵伝七郎の折は、お武家さま、にわかにその大刀を奪いて、一打ちにし、立ちどころに……。ああ、われも立ちどころに、貫かれて……。ああ、お武家さま、かように絡みついて、百合の花から八重椿……広がり乱れて、われがわれとも分かりませぬ……」

敵でもない、憎しみもない、己の剣を試すほどでもない。さような敵にもならぬ者が目の前にいて、わけもなく斬るというは……。

「あ、さように入舟のように揺すられて、花びらが散りまするぅ。花びらが散りまするぅ。波が高うかと思えば……また舟縁に、戯れる潮の音も……淫らに鳴いて……。お武家さま、さように揺らして、濱千鳥が、濱千鳥が、いっせいに、飛び立ちゆくのが、見えまするぅ。さように揺らして、お武家さま、見えまするか、見えまするか……。乳の桜をついばむのは、いずこの濱千鳥。片やの桜をねぶるのは、いずこの濱千鳥。ああ……千鳥の雛尖《ひなさき》まで愛でられて……。お武家さまぁ……おなごを知らぬ生息子《きむすこ》のよう……。甘えなされ、甘えなされ、われの七つ子、われの八つ子の、お武家さまぁ……」

あの幼子のおののき……。

張りつめた眼を凍ったたかのごとく見開いて、眼前に立ち塞がる男をいかに見たか。万象を夢だと思い、次の刹那、紛れもなき現《うつつ》と覚悟して、まだ白き穢《けが》れなき手をわずかに宙にかざして、避けるでもない、すがるでもない。……あの名ばかりの七つ子の首領……。

「さように切なげな……。お嘆きなさるな、お武家さま……。あれは戦でございましょうぞ。お武家さま……さらに激しう、入舟を揺すられて、花菱を舳《みよし》で存分に崩してくださいまし……。高まりの際まで一寸もなく……」

又七郎には微塵《みじん》も罪もなく、強さもなく、勝ち負けの意も分からぬまま、吉岡一門の穢れ世の風にさらされ、茫然と独り。われのごとく……。

「……お武家さま……。その又七郎は、お武家さまではございませぬ。……巷《ちまた》では、吉岡が……門弟恨みを含み、清十郎の子又七郎と組し、数十人兵仗《ひょうじょう》弓箭《きゅうせん》をたずさえ下り松に会したというておりまする。お武家さま、卑怯なる吉岡一門の又七郎を斬殺し、徒党の者を追い退け、威を振るいて洛陽に帰ったと、皆、申しております。何も……さような……。それに……お武家さまの、目の中には、一人の沙門《しゃもん》がおりまする」

沙門……？

「長の修行を経た老僧が、御住みになられておりまする。すでに仏心を抱かれておられる印でございましょう。たとえ、又七郎を真っ二つに斬殺し、惑《まど》いて斬《き》りかかる徒党の者共を斬り崩したとて……」

仏心を抱く、と……？

「さようなことより、ささ、高まりくださりまし。早う、すべてを忘られて……せっかくの蜜が乾きまする。魂の惑いゆえに、がらんどうの身にもなれば、がらんどうの身こそ、魂の惑いを誘いもすれば……なにも思わず高まりなされ……」

魂の惑いゆえに、がらんどうの身……？

「お武家さま……下になられませ。さようでございます。われが上に……茶臼を……茶臼をひきまする……。ああ、ほれ、かように、ほれ、かように……臼が回りて、蜜がしとどにあふれ出しておりまする……。ほれ、かように、お武家さまぁ……」

と、体勢を変えた男の隙を狙った時である。

男が石火の勢いで半身起き上がり、こちらの首元を片手でつかんできた。こちらも男の首元を両の手で絞める。まったくの同時であった。

「おぬし……何者だ」

「……お武家さま……なにゆえ、かようなご無体を……」

「うぬの手こそ、なにゆえの所業」

両の華奢な手の中に、男の硬い筋肉と喉仏のうごめきがある。男に細い首をつかみ上げられ、筋が苦しく逃げ惑うのを自ら感じながらも蜜を搾るように花菱の弁を締めれば、さらに怒張した男の脈があった。

この男、殺す時こそ燃え上がるのか。男の逞しい首に力なく指を食い込ませつつそのまま茶臼を無闇に回して、精をほとばしらせるのが先か。それともこちらの息絶えるのが先か……。

「……ならぬ」

「何……？」と、男が空耳とも思えるしわがれた低い儂の声に息を呑み、わずかに手の力を抜いた。

「ならぬというに……。尊公《そんこう》は夢でも見ているか……」

男が異様なほど眼を見開き、こちらの眼差しの底を抉《えぐ》るように睨み上げてくる。嶋田《しまだ》の髪をほつれさせ、乳房を露わにした玉女《ぎょくじょ》に見えるか。それとも、涙を浮かべた幼い又七郎に見えるか。痩せさらばえた僧がおまえの上に乗り、首を突き出して見下ろしているようにも……？

そして、男は「ああ……」と鈍重な声を漏らしたと思うと、上ずらせるように白目をわずかに覗かせて、後ろ頭を床に預けた。

拾《じゅう》

「……夢でも見ているかというに」

男は蓬髪を垂らして俯いていたが、半身を硬く痙攣させ、息が戻ったかのように気を短く吸う。うっすらと目を開けて焦点を合わせれば、墨染の絽《ろ》の衣を着た、痩せて老いた坊主の姿が浮かぶはずである。

「……愚、愚独和尚……」

乱れた髪から現れた眼差しが見開かれて、薄暗い影の中でかすかな灯明の光を溜めて震えている。色の悪い薄い唇までが小刻みに引き攣《つ》れて、その後に続く言葉が出て来ないと見える。

「尊公。儂《わし》を木剣で撲殺したと思うておるか」

正坐をして対峙する男の左手が、咄嗟に汚れ袴の膝横の床を不様に叩く。木刀がそこに置かれているとでも思うての動きであろう。おまえの木刀は、うぬ自ら銀鼠色の関門海峡の見ゆる杣道から谷底へと放り投げたのではあるまいか。

「殺したとあらば、儂は霊でも、もののけでもあるな」

「こ、ここは、闇部山兜跋寺……燈籠庵……」

「この破《や》れ堂に来たのは、うぬであろうに。七つ八つの幼子のごとく震え、泣き咽《むせ》び、這《ほ》う這うの態で訪ね来たったのは、いつのことであったか。それとも、つい先ほどであったか」

男が敏い動きで眼差しだけを暗い部屋の中に投げる。怯えるようにも、闇を走る怨霊を追うようにも見える目は、朽ち壊れた花頭窓《かとうまど》の破れ障子やら隙間だらけの壁、蜘蛛の巣の張った不動明王像を認めたか。

だが、堂の隅に影の隈かと見える横たわりに気づいて、息を呑み、片膝を立てた。

「……女……」

蜘蛛のごとき速さで袴の膝でいざり寄って、無骨な手を寝入る女の口元に翳《かざ》し、息を確かめている。衣擦れの音のみを曳いて、よけいな音を立てぬ膝行《しっこう》の滑らかさと素早さ。その獣じみた男の鼻先を、先刻の百合と潮の香がかすめたであろう。かように、ほれ、かように……臼が回りて、蜜がしとどにあふれ出しておりまする……。

「さて、そのおなごに見覚えでもあるか」

「………」

男は答えようとはしない。

「……あわれなおなごでのう。目も耳も障《さわ》りありて見えぬ聞こえぬ、口も利けぬ。山崎から遥々《はるばる》難儀して闇部山まで参って、今は、儂の作務《さむ》の助けをしてくれておるが……素状も分からぬ」

立て膝して振り返る男の面差しが、灯明に揺れて歪み、惑い、途方に暮れてもいるようだった。

「愚独和尚……この女人は、燈籠庵にはおらなんだ」

「何を申しておる。過ぎた日のこととして、うぬは申すか。ならば、現《うつつ》、今、この破れ堂におるおなごは、何者と申すのだ。うぬには初めより見えなかったおなごよ。違うか？　殺気なき者は、うぬにとりてはおらぬも同然であろう。であるから、おまえの世界は節穴だらけ、隙だらけと申したに……何も見ておらぬ愚か者よ」

男が再び視線を横たわるおなごの顔に戻している。

先刻まで入舟を揺らしていた女の顔に間違いない。香もまた同じ。ここは太郎左衛門の宿の一棟ではないのか。

だが、朽ちかけ、隙間風の入る壁。花頭窓の破れ障子や、あの古い不動明王像は……。

「ほれ、お主の木剣はそこにあろうが。堂に入る前に縁先《えんさき》に置いたはず。よう見てみい。儂《わし》の禿頭をかち割った血糊も、いまだついておらんだろう」

男が焦るがごとく縁側に駆け寄るが、このいつ崩れてもおかしくない堂を、つゆほども揺らさぬ。

重心の上下に乱れぬ摺足は、古池の面を滑るあめんぼうのようで、間合いを瞬時に詰める凄まじさを思わせた。

「こちへ持って入ってもよい。それで儂を撲殺するのか、お主の弱き心を貫くのか。さ、さ、どちらだ、どちらだ」

吉岡一門との決闘を経て、教王護国寺の観智院にかくまわれ、書画に没入した男……。もはや剣など捨てればよいものを、なにゆえ難儀で長きものを携えて参ったのか。むろん、吉岡首領の幼き又七郎殺害後であるから、吉岡一門に追われることは必定。当然の備えともいえようが、この闇部の山では用をなさぬ。魑魅魍魎《ちみもうりょう》の魔手にかかって、よほどの神剣でなければ太刀打ちできまいに。まして、己の心の底にこそ、どうにもならぬ魑魅魍魎が蠢き始めたのではあるまいか。それをいかにする。

「で、尊公、ここへ何しに参ったのだ？」

敵意を見せぬためであろう、男は右手に木刀を持って戻り、坐しても自らの右脇に静かに置いた。本来、侍はいついかなる時も臨戦に備えて、自らの左に刀を寄せるものだが、主客の礼節を示しているつもりではあろう。

手脂と汗でとろりと黒光りした柄《つか》が、どれほどの修練と実戦を経たかを物語るが、馬の巨大な陰茎を思い起こさせもし、滑稽にさえ感ずる。

「愚独和尚……己が……己が、分からのうなったのでござる……」

床に無骨で無数の刀傷のある両手をついて、蓬髪の頭を下げている。

あまりに短刀直入な物言いに、こちらは腰が砕けそうにもなるではないか。数えで十三の時に、新当流兵法者、有馬喜兵衛と試合をして以来、但馬の秋山某との立合い、豊臣方に加担しての関ヶ原合戦、美濃岐阜城攻め、そして、吉岡清十郎、伝七郎、又七郎一門との果し合い……と、戦の波を潜り来たっても、まだ二十一、二の若さである。

「分からのうなった、だと？　ならば、以前は己なるものが、分かっていたというか」

「ただただ剣の道に生きて参ったのでござる。勝つことのみが、己でありまする」

蓬髪の間に覗くこめかみをふくらませて、力を込めた声を床にぶつけている。

「勝つこと……？　そんなものは己でも何でもないわ。お主、勝って、いかにする？」

伏せていた男の輪郭が刹那、硬くなり、短く息を吸う音がした。

「勝たなければ、死にまする。それが兵法者の定めゆえ！」と、男が顔を上げた。

見開いた眼の白目に細かな血道が走って、灯明の光に葉脈のように浮き立ってさえ見えた。人によりては、その血走った眼差しの異様さに射すくめられることもあろうか。ただただ勝つことに憑かれることは武道の途上にはあろうも、かような狂いにも似た執着が埒外の強さを揮《ふる》い続けてきたのである。

「死ぬるか……。それは困るのう。だが、ここはひとつ、死してみるというのもありじゃが……」

「愚独殿、お戯れを……」

「戯れ、と申すか。お主、狭いのう。勝たずとも死なぬ法はいくらもあろうが」

「……と仰せられますと……」

「逃げる。闘わず、逃げる。逃げる。逃げる！　うぬの狭き三千世界から逃げる」

男の猛るように逆立った眉の片方が上がる。

鋭く睨む眼差しは依然殺気だっている。しばし互いの眼差しをぶつけ合っていると、堂外の闇に一陣の颪《おろし》が吹いたか、それとも闇部山の天狗の影が二つ三つ疾駆したのか、樹々の葉群をざわめかせた。闇の圧が堂の内にもふくらんで、不穏な手で腹のあたりをまさぐられる感じでもある。

「闇の気に切腹をそそのかされている心地がするのう」

夜の暗さで樹々の分別はつかぬが、わずか月明かりを孕んだ夜空に鎗の穂先がひしめくような影に、男はそれらが杉か檜《ひのき》とは分かっているつもりであったろう。だが、どろりとした黒い血糊が波を打ち、零《こぼ》れ、渦を巻くかのごとき気配に、とてもただの風に揺れる葉群とは思えぬ。騒擾《そうじょう》というには人の気配が一切せず、颪の悪戯というには木立の揺さぶりが生っぽい。

「うぬはどうやっても、腹なぞ切れん」

男には堂の外というよりも、自らの内にある景色にも思えたはずである。

黒々とした臓腑の底からせり上がる、いわれもなき忿怒《ふんぬ》とも、女人の開《つび》を滅法に突き倒したいようなわななきの熱。いや、この三千世界に生きてある、どうにもならぬ自らの証を立ててみたい衝動に駆られ、空回りする己が身の醜悪さにまた苛立ち、万象を粉《ふん》塵《じん》に帰してしまいたい業火《ごうか》のような欲……。

「腹を切り、臓腑をこの床に並べてみれば、己が分かろうに」

この不穏で、血の混じった墨色の噴煙のごとき感情が、初めに訪れたのを、男は確かに覚えておろう。

齢《よわい》十三の、産毛にも似た髭がうっすらと人中のあたりに生え始めた頃である。女人とも菩薩とも、あるいは人魚とも分からぬものとのまぐわいの悪夢を見ては、悶えていた頃といってもいい。毎朝、とぎ汁を漏らして美濃紙のような硬さになった染みの褌を洗う後ろめたさ。

身の内を何者かのざらりとした掌で荒く撫でられ、急き立てられる。目に見えぬ闇の中で、野分に乱れてざわめき揺れる葉群が、「今ぞ。今ぞ」とそそのかす。そのたびに頭《こうべ》を振り、木刀で一心に素振りしてはみたが、消えもしない。自らの内に、知らぬ者が息をし始めたのを秘しては、「消えてくれろ」と神仏に拝んでいた頃……。

播州の浜辺に、矢来で結ばれた一本の金張りの高札が立ったのだ。

――新当流　有馬喜兵衛　試合は御望み次第　致すべし

その高札をしばし睨んでいた男に、「今ぞ。今ぞ」の闇の声が聞こえてきたのである。自らを試す。生きるを試す。死ぬるを試す。何者とも知らぬ兵法者、有馬喜兵衛が、今、己を殺そうとしている。否、三千世界が殺そうと試しているのだ、とまだ少年であった男は、由なく瞬時に了解してしまった。

共にいた友らが唖然とするうちにも、うぬは矢来に足をかけ、その高札に読み書き用の手習い筆で、野太い文字で墨書した。

——正蓮庵に居す宮本弁之助　明くる日　立合い致す

戯《たわ》けた餓鬼もいいところよ。世界が自らを証明するわけがない。

我、ここにあり。

ただ、その一点のみのために、身の内の闇の蠢きがまろび出たのである。兵法を志すための最初の試練とも、無謀な果し合いに応じる名誉とも、凡夫は取ろうが、まったく次元を異にする。

きっかけはいずれでもよい。心の奥底でどす黒い血膿《ちうみ》の濁流が渦を巻き、氾濫しているかのごとき様は、男自らさえそれが何であるか分からない。一体、これは何だ、と。

我が我であることが分からない。

だからこそ、我、ここにあり、ともがくのだ。

己がなにゆえ播州のひなびた土地に遊び、読み書きの稽古をし、木刀や鎗を振る鍛錬をするのか。この足元の矢尻に似た石くれは、何だ。この床の傷痕は何だ。日が昇り、桜花を散らし、花びらが風にのって舞う軌跡とは、何か。そして、それら万象を見、感ずる己とは、一体何者なのだ、と。

今ぞ。今ぞ。死ぬのは今ぞ。

狂うか。正気を保つか。

魔道へと引き込もうとする奇怪な邪鬼が息をし始めた想いがし、そのもののけのねじ曲がった爪が、己の魂の腋下をくすぐり、腸《はらわた》をつつき、摩羅《まら》の茎を撫でる。金張りの高札に跳ねる光も、水面にさんざめく日の光も、生死を問い詰める剣先のひしめいた刃の光の煌めきにも見える。

己は正気を保つために、闘わねばならない。この顔も素状もまったく知らぬもののふを殺さねばならない。そして、殺めた後に現れるであろう、目の前の新たな景色の中に、自らが生きる意味と理を見つけなければならぬ。

かように、うぬは貧しい魂で考えたのよ。

さて、うぬを預かっていた正蓮庵の道林坊も肝を冷やしたろうにのう。有馬方の門弟が山門に現れ、師が果し合いを受け入れたと伝えに参ったのであるから。あわてふためき、まだ十三のやんちゃの悪戯であると平に謝れば、相手方も「さあれば」と納得はしたものの、高札を下手な墨文字で穢したわけである。翌日、高札前にて衆人の面前で謝罪すれば良し、としたのだ。

明くる日、道林坊に連れられてきた、まだ子供である少年を見て、有馬喜兵衛、むろん戦意などあるわけもなかろう。

小汚い面を下げ土下座でもして謝るであろうと、有馬、珍《めずら》かな色立ちの鳥の毛を縫い込んだ羽織の腕を組んで、棒切れを引きずって悄然と俯きながら少年が近づいてくるのを見守っていた。その時に伏せた顔の影にある、血走った獰猛な眼を確かめていれば良かったものを、有馬喜兵衛、不覚であった。

「……あの小童、長ぇ棒切れなんぞ持って、何しよる」

「玩具の刀でも、渡せば謝罪の証になるいうつもりかの」

「天下無双、無二斎の倅《せがれ》というに、せめて脇差でも帯びんと、絵にもならんわのう」

高札の立つ浜辺には、百姓、浪人、漁師、老いも若きも、男も女も集まって、好奇の眼差しを注いでいる。

その視線と下卑た野次を一身に受けていたのは、悪戯が過ぎた少年である。有馬大和守から受け継ぐ有馬新当流一門であろう兵法者に、いかに謝るのか。下手をすれば即刻首を落とされることにもなろう。

はて、何が起こる、と固唾《かたず》を呑んだ刹那――。

喜兵衛が組んでいた腕を外して、「小僧……」と声を発しようとした、その時である。付き添いの正蓮庵道林坊が、「ほれ」と促して、少年の頭を下げさせようと手を伸ばせば、その手を避けるかと見せて、いきなり棒切れが弧を描いた。謝らせんとする道林坊と、ごねる少年とのやり取りかと思いきや、空を割った半円の先に、喜兵衛の月代《さかやき》にした額があった。

「ズンッ！」

一瞬何が起きたか分からない。

見守る衆人も、道林坊も、当の喜兵衛も。ただ一人、棒切れが馬の短い鼻息のような音を立てて空を裂く意味を、少年だけが知っていた。

「あッ！」

誰が叫んだ声かは分からぬ。羽織に縫い込まれた鮮やかな鳥の羽が宙に散り、乱れた。

「小、小僧……！」

小さな稲妻の紋が、薄青い月代と額との間に浮いたと思ったら、柘榴《ざくろ》の口のように割れる。実の粒めいたものまで零れ出た。

と、清水のように赤黒い血が湧き、額の下には右顔面だけ激しく痙攣して歪んだ顔がある。喜兵衛は血濡れの顔をしかめ、よろめき、片膝の力が抜けた様で、帯刀の柄に手をやろうとする。だが、さらに少年は、もう一撃、頭蓋のど真ん中に木刀と化した棒を振り下ろしたのである。

土嚢《どのう》を叩いたような重い手ごたえがあった。その詰まった砂の中で硬い陶《すえ》が砕けた感触もある。と同時に、赤く濡れた喜兵衛の顔から表情が抜け落ち、白目を剝いた。開いた口から血混じりの泡と大きな蛞蝓《なめくじ》のような舌がだらりと現れている。そのまま頽《くずお》れようとする兵法者を、少年はそれでもさらに片脚をかけて、これでもかと思い切り押し倒した。浜辺に黒く顕われていた岩に、喜兵衛は背も腰も後ろ頭もしたたかに打ちつけて絶命。

見たか。見たか。見たか！

殺《や》った。殺った。殺った！

囲む衆人どもの声も顔も分からぬ。あまりの眩しさに色が焙《あぶ》られて抜けたかのように世界が見える。俺は生きている。死とは何だ。俺は生きている。敵は死んだ。間違いなく、この刹那に、命ある者がただの骸と化したのである。

道林坊の呆気に取られた顔が見える。新当流の兵法者を、わずか十三の餓鬼が斃《たお》してしまった珍事に、衆目のどよどよと揺れる様がある。

だが、目に入る高札も、人々も、浜辺も、すべての景色が凝り固まって、小刻みに震え、冷水を浴びた睾丸のように縮み上がっている。いや、それは己が縮み上がって、褌の中に浜風が無情に入り込んでいるせいだ。

一体、己はここにいるのか。

そう思った時、肺腑の底から噴煙のごとき黒い蠢きが飛び出してきた。

「うおぉぉぉぉぉー！」

少年が仁王立ちして、播州の空を仰ぎ、乱れた髪を逆立てて獣のように叫ぶ。雄叫《おたけ》びを上げているのか、泣き喚いているのか、狂ったのか。

今ぞ。今ぞ。

戻れぬ。戻れぬ。

いや、目が覚めて正蓮庵の煤《すす》だらけの黒天井が覆っているということもある。龍の眼のような節穴、天衣《てんね》の襞や浜辺を舐める波にも見える木目……。あるいは、父無二斎の猛稽古を受けて、気絶している間に見ている夢とも。

だが、周りを囃し立てる人の群れがあり、目の前には羽織の鳥の羽を散らした武者が、無残な姿で倒れていた。

世界が俺を試している。そうとしか思えない。何層もの世界が重なり、目の前で景色となっているが、その層には隙間があるのだ。己が逃げ込むことができる隙間も、己をそそのかす隙間も。誰にも見えぬが、俺だけにしか見えない世界の隙間が……。

現《うつつ》と夢の境でもなく、現と幻の境でもない。その間隙は己の心の底にある、どうにも解せぬ扉が開き始めた時に現れるのだ。

それからいかにして人里から離れたのか、うぬは覚えていまい。

「ほれ、お武家さま……。その齢から、魔道を歩かざるを得ず、無限からささやかれる声に、苦しう苦しういうて……」

鼻の先一寸で、女のほのかに桜色に染まる乳房が揺れる。百合の香。ほつれた鬢《びん》の漆黒の一筋、二筋が、柳のように震えてもいる。

「それを欺くための、武者修行でございまする……」

伏し目で見下ろす女の、細く白い首に手を伸ばす。

「……うぬは何をしておる」

目の前には、染みの浮いた禿頭を灯明でぼんやり光らせた老僧がいるのである。

「なにゆえ儂のところを訪ねてきた」

「……教王護国寺にて、大淵玄弘《だいえんげんこう》禅師からうかがったのです」

「大淵とな？　臨済妙心寺一三九世の大淵玄弘禅師か……。して、玄弘がなんと申した？」

男がいきなり無骨な両の手を床につき、蓬髪の頭を深々と下げる。

額を床に擦りつけんとするほどであった。まず男がこれまで見せたこともない辞儀の仕方だろう。あまたの追手があり、いつ血祭りにあげられるか分からぬ兵法者が、目を伏せて辞儀をするなど命取りもいいところである。不恰好であろうが、下卑た人相になろうが、相手から眼差しは離さぬもの。

「某《それがし》が惑い、悶える姿を見て、大淵禅師は、闇部山の愚独老師に会いにいかれよ、と。

教えを乞うてまいれ、と」

「戯けが……。儂は妙心寺の玄弘の御名は存じとるが、会うたこともない」

「大淵禅師もそうおおせに。愚独殿と会うたことはないが、天狗どもを片手であやす高僧であられると」

「玄弘の申すその愚独など、そもそも闇部山になぞ、おらんのではないか。うぬが今会うているのは、狐か、天狗か、もののけであるやも知れず」

　ようやく男の蓬髪頭がわずかに上がり、乱れほつれた髪の間から獰猛だが愚直なほど純な視線が睨み上げてきた。

「それでもよいのでござる」

「それでもよい、であると、うぬは申すか。ならば再び地獄を経巡る覚悟、ありやなしや。ほれ、そこの玉女とまぐわうこともできるというに。ささ、潮を分けて、入舟の櫓を漕《こ》いでくださいまし……」

「覚悟あり！」

「独行の這入を開け！」

拾壱《じゅういち》

瓜生《うりゅう》山の藪中《やぶなか》で、一昼夜昏睡の態であった男。

脇の草むらに投げ出した二刀は刃こぼれし、血糊が泥土のように凝《こご》って、そのままでは鞘《さや》にも入らぬ有様だった。

魘《うな》されながら見る夢といえば、一乗寺の枝垂れ松にぶら下がる無数の首である。いまだ太刀と小太刀の暴れとともに、吉岡一門の首やら腕やらが跳ね飛ぶ感触や、裂けた腹からまろぶ臓腑の糞尿臭さが生々しい。逃げに逃げて瓜生の藪に倒れ込んだが、目を閉じれば、幼い又七郎の驚愕する顔に呑み込まれる。

世事を知らぬまだ幼き者が、信じ難きものに直面してうろたえるなぞ、あの初心《うぶ》で愛しげな小さな心に、これからの伸び代さえ与えぬ酷さに違いない。

男が太刀を振り上げた時に、幼い又七郎にはむろん為す術もなく、これ以上ないほどに目を見開いて、空を掻くようにわずかに真新しい手甲《てっこう》の両の手を上げただけ。命乞いの懇願なのか、それともせめて避《よ》けようとでもしたのか。切ないほど刹那の仕草を見せた子供を斬らねばならぬ己の浅ましさとさだめに、うぬは狂うふりをしてしまうしかなかった。

あれは試合ではない。清十郎、伝七郎のための仇討でもない。幼い又七郎を名義人に立てることによって、武と兵法のために刀を取る手を抑え込む不純な謀であったであろう。

「だから斬ったのであろう。うろたえることもなし。それとも、何か。狂うたふり、と申しながら、じつは真に狂うたのではあるまいか」

又七郎の首が事もなげに、小ぶりの西瓜《すいか》玉のような音を立てて、土の上に落ちた時――。

初めて人を殺めた、あの有馬喜兵衛との立合いの時と同じく、世界の間隙から恐ろしく冷やかな、錆《さび》臭い風が滑り込んできたのではあるまいか。男の方こそ、自らの心の異《こと》様《よう》を隠すための謀として、返り討ちにする兵法者を演じたとも思える。その誰も知らぬ芥子《けし》粒ほどの懸念に、最も脅えているのがうぬということになる。

鉄臭さに似た悪気が身の芯から込み上げて、情なるものを追い出していく。動き回る敵陣の姿が影絵のようにも、紙人形のようにも見えたであろう。

三世十方《さんぜじっぽう》の意味が分からぬ。「又七郎殿ー！」と叫んで、うろたえる吉岡の老い侍の姿。頭上の松の幹にしがみつきつつ、必死に弓を射ようとする者の姿。剣先を震わせて地団駄を踏んでいる者らの姿。一体、この者らは何だ。

——戯けー！

そう叫んだのは、実のところ吉岡一門にではなかろう。意味も義も月白のごとく色が抜け落ちた世界に対してである。何より、幼い血潮に濡れた太刀を持って、立っている意味が分からぬ己に対してだ。

己は生きているのか。

己とは何だ。

己の一挙手一投足には、何の意味がある。

「がらんどうじゃ。がらんどう」

狂う。

そう思うたか？　がらんどうの心が突っ立ったまま、吉岡一門の者らに囲まれて、さあ、いかにする。もはや男への恐れに耐えきれぬ吉岡らの刀が、閃光を走らせる。袈裟斬りにくる太刀筋が蜘蛛の糸のごとく煌めく。自らの頬をかすめ、首元に達する極みの極みまで待って、三世十方がいかなる顔を見せるか、うぬは待つ。

あまりに何も起こらない。

何も見せてくれない。

もはや相手の剣に斬られる刹那。

膝抜きと同時、返した太刀の峰で捌《さば》いて、そのまま敵の左肩から肝の臓まで切り裂いた。どさりと土に音を立てたのは、臓物か、袈裟に真っ二つとなった半身か。血煙の激しさで見えぬ。と、背後からの鎗。松の上からの矢。また敵の幾筋もの太刀。

踊れ。踊れ。踊り狂うてしまえ。

何も起こらぬ十方の緞帳《どんちょう》を切り裂いて、その裂け目から何が見えるか。

ただ、人が血しぶきをあげて倒れ、断末魔の叫びを上げ、死んでいく。己がいようが、いまいが、世界の景色はまったく変わらない。このように狂うても、このように人を殺めようと……。まるで夢のごとし。現に修羅となって人を切り殺しながら、己があまたの人を斬り殺す夢を結んでいるかのようで、その夢路が途絶え、目覚めても、人を殺め

ているのである。だからこそ、一つ一つが永遠に繰り返される夢の浮橋にも思えるのだ。

「うぬなど、いささかも十方に要なし。うぬこそ、十方の障礙《しょうげ》なり」

「愚独殿……。己が魔障と申すか」

「独行の這入の中に入ってしまったのよ」

抜け殻となった男が、瓜生の藪中で昏倒から醒めた時……。

湧き出る谷水の小川で、まだ夢か、まだ夢かと、血染めの衣を恐る恐る洗う。澄んで陽光を戯れさせる水が、赤黒い靄《もや》を広げ、いつまでも煙の帯のように流れていく。積み上げにくい川原の丸石……。逆縁の子らの積み上げる石は、鬼に悪戯されずとも、いかにしても崩れやすい。男は父無二斎を想うたか。播州にいる母を想うたか。

覚つかなきまま川原に衣を広げ干しているそんな時に、岩魚《いわな》釣りに興じる村の童たちと男は出会うたのだ。皆、又七郎と同じ、齢七、八くらいか。素裸のまま、笹竹で作った粗末な竿を持つ童もいれば、川面から顔を出した石にさらに大きな石を勢いよくぶつけて、隠れた岩魚を眩ます童もいる。

男はその童らを見て、何を思うたやら。

褌《ふんどし》姿のまま自らのものとも思えぬ調子で、「おう、釣れるかあ」と声を張り上げたのである。

まさか己がさようなことを童どもに話しかけるとも思わぬ。自身自体が驚いている。その凄惨な面差しを一心に開いて、切ないほど人懐っこい笑みを作り、歯を覗かせてもいた。そして、川原の岩から立ち上がると、川に入り、まだ刀傷の残る両の掌に水を掬《すく》い、遠くで遊ぶ童らに、「ほーれ！」とかけて、陽気に遊ぶ侍を演じたのである。

又七郎の命を奪った男が、なにゆえか。

夢の浮橋を断ち切り、現《うつつ》の己を確かめたかったからだ。まったく違う光を浴びている己がいることを、童らから認めてもらおうとする一縷《いちる》の望みゆえである。

空に投げた水が煌めく。童らのはしゃいだ歓声が上がる。一つ一つの水玉に日輪の光が宿り、眩しい。どんよりと重く粘って夢のように遠い川原の風景が裂けて、まったく違う景色を開いてほしい。そこには見えなかった道筋があるはずだ。そこに足を踏み入れれば、己は悪い夢から抜け出せる。

――おさむらいさんは、そこで、何してる？

澄んだ水の流れが、浅い底の石を溶かすように揺らめいている。

時々、小魚の影が素早く過り、底の砂にもその影が映って過る。水面に光が反射し、水に突っ込んだ自らの手の影も、一様に瀬音が清めてくれているではないか。

——俺か。

一体、何者が吉岡一門を殺した？

——長旅をして、風呂に三月《みつき》も入らんかったら。

酷いことをする侍もいるものだ。

——臭うて臭うての。

男は褌の尻を突き出し、鼻を抓《つま》んで扇ぐ仕草をして見せた。裸の童らが華奢な青白い腹を突き出したり、へこませたりして、楽しそうに笑うた。男は真に嬉しかった。子らのぞんざいな口の利き方もまた、ありがたいのである。誰も一乗寺下り松で、吉岡一門を斬りまくった鬼の兵法者と思いもしない。

——おさむらいさんも、屁をひるか。

——おう。

——おさむらいさんも、糞するか。

——おうよ。

童らが小さな手の甲に初心な唇を当てて、懸命に息を破裂させて、放屁《ほうひ》の音を真似るたび、男は谷川の水をかける。細い裸をよじらせて逃げる、子らの弾ける笑顔と歓声に、己が浄化されるようではないか。

俺は何もしていない。

夢も見ていない。

この刻が永久に続くのであれば、仕官も扶持《ふち》も天下無双の号もいらぬ。なにとぞ、この刻だけを——。

「ほう。で、うぬはいずれに祈らんとした?」

「………」

「仏神は貴し、仏神をたのまず、ではなかったか?」

一乗寺下り松に向かう、まだ薄暗き早朝——。

うぬは息を殺しながら、帯びた二刀をおさえ、ひたすらに草鞋の足元を見て歩いていたであろう。戦略を練っていたか。それとも無心であったか。まだ鶏《とり》の声もせぬ刻である。何やら気配を覚え、ふと視線を投げれば、八幡社。これは何かの縁と、これから始まる吉岡一門との果し合いの勝ちを祈ろうとし、社前に近づいた。そして、鰐口《わにぐち》の薄汚れた紐を握ろうとした時——。

己は何をしている。仏も神も貴ぶべきものとは知りながら、いまだ一度も手を合わせることをせずにいた己が身。このいかにもならぬ生き死にを賭けた兵法者を、神仏が迎えるわけもない。それというに、せめて縋《すが》ろうとした自らの浅ましさに唾棄する有様。

のちに書かれたという男の、「独行道」の一条にもなった「仏神は貴し　仏神をたのまず」なる言葉は、そこで生まれたのである。

「……けだし、この川原で遊ぶ童の無邪気さと八幡社に、先に巡り合うていたら、うぬはいかになったかのう。悟ったやも知れぬ。悟って、それこそ一乗寺に屁をひって、どこぞに姿をくらましたやも知れぬ」

「それは無きことと申す」

「なにゆえじゃ？」

「それは無きこと」

「ありえぬ、という意か？　もはや過ぎたことゆえ、せんなしという意か？」

「いずれも」

「ならば、忘れぃ！　戯けが！　ここに参る由もなし」

うぬは後年、先の「独行道」に、「我事において後悔をせず」という自誓《じせい》の一条を加えるはずだ。兵法のため、と、うぬが申す時と等しく、武士の立合いではなく、明らかなる殺しさえ正しいものとする謀り。そのための一条。違うか。真に後悔せぬ者からは、さような言など、間違うても出てこぬわ。

「謀りばかりの、半生よ」

男の輪郭が一瞬にして硬くなる。乱れた髪の間に、灯明の揺らめきを殺気立った眼に溜めているのが覗く。こけた頬の影が痙攣しているのは、奥歯を噛みしめているからであろう。それでも、丹田に苛立つ気を納めているのか、袴の紐が一呼吸するように上下に動いた。

「益体《やくたい》もなし。己がいのうなれば、かような一落《いちらく》（事件）も起きぬであろうに。殺生をして天下無双とは、寒い。末は誰もいのうなって、うぬ独り弱し。大尽《だいじん》となっても同じこと。寒し、寒し」

「愚独殿は、戦を知らぬ」

「知らぬが、それがはて……？」

「……」

「百尺竿頭《ひやくしやくかんとう》に須《すべか》らく歩を進め、十方世界に全身を現ずべし。うぬは戦の百尺の竿の先の先まで行っていると思うか。極めたとでも思うか、戯け」

「何と申された?」

「戯け、と申した。断崖に突き出す百尺の竿を渡り、その先で坐る。己もおらぬ、敵もおらぬ。天下無双もおらぬ。畜生もおらぬ。それで悟達か。否。しかのみならず一歩踏み込んで、十方そのものになりきってこそ、己が天地。……うぬは兵法も、生き様も、まだ竿の根もと。いや、その竿をいずこに垂らしているのやも分からぬわ」

男の破衣が小刻みに震え、膝に置いた刀傷だらけの手が袴の布を引きちぎらんばかりに鷲づかみにしている。

「さて、怒りにまかせて木刀を手にするか」

これ以上なきほどに開かれた眼は、男が教王護国寺で描き始めた墨絵の虎や鷲のものにも似ているではないか。しかも、虎のようで虎でなく、鷲のようで鷲でない、画となる一歩前のどよめくような墨のうねりの画。そこに描かれた獣や猛禽《もうきん》の目は、おそらく「独行の這入」とやらで凝視した自らの目に違いあるまい。

「その怒り、吉岡一門との時に見せた真似事とは異であるな」

「真似事と申すかッ」

「図星であったか。うぬの心など透いておる。ほれ、そこなにいる又七郎が笑うておる。ほれ、あなたには有馬が笑うておる」

「何をぅぅぅ……」

「又七郎は……それでも竿の先に坐りおった」

朦々と噴き上がる怒りで、蓬髪も肩も肘も震えている。人なるものがかような形相となるものであるか。額に現れた楔形《くさびがた》の血の道が、今にも破れんばかりに膨らみ、瞼《まぶた》やこめかみにも浮き出た影が、灯明の光に揺れて、人面に這う奇怪な蛭《ひる》のようでもある。

血走って火の玉のごとき眼に、潤み揺れる光が浮かぶ。

こちらを見据えているようでも、周りの気配を探る観の眼が働いているのが分かる。又七郎はいずこにいる。有馬はいずこにいる？　噛み締め過ぎた下の唇から薄い血が滲み、短い息を吸ったと思うと、せぐりあげたる嗚咽とともに、一筋、二筋と男の頬に濡れた光が落ち始めた。

と、いきなり脇に置いた木刀に男の右の手が走った。

柄頭《つかがしら》を左手が素早く包み、片膝が立つ。

踏みつけた床の軋み。

その刹那に鞭のごとき軌跡が空に光って、堂内に鋭い息吹を起こした。瞬きもせぬうちに、木刀の剣先が儂の眉間に一寸の隙《すき》もなく止まっていたわ。

頭の上に置いた米粒だけを斬る。さような太刀捌きを持つ男であるから、当たり前のことであろう。左手の手の内だけで返した早業。ここで儂の頭をかち割っても、ただの怒りの末。兵法の絶技が、怒りに負けていかにする。

「木剣であれ、鯉口《こいぐち》を切れば、地獄」

しばし、凍ったような張りつめの後、儂の眉間に据えられた剣先がわずかに震え始める。

「又七郎は、うぬの心の底におるだろうが」

男が唐突に儂の眉間から膝元の床に、真一文字に剣先を叩き下ろす。

半跏趺坐《はんかふざ》する儂の脛を風が舐めて、激しい音が床に立ち、小さな木端を飛ばした。そして、男は目玉が飛び出るほどに目を剝いて、癋見《べしみ》のごとくゆがめた口から大きく深く息を吸うた。と同時に、とてつもない叫びが男の奈落から上がってきたのである。

「うおおおおおおーッ！」

破れ堂が震えるかと思う絶叫が、夜の闇部山にも谺する。樹々で眠っていた森の鴉どもまでが慌てふためき、乱れ鳴き始める男の吠え声である。

半立ちのまま仁王のごとく、儂の目の前に立ち塞がると、破れ堂の壁やたわんだ天井に大きく男の影が歪みふくらんだ。

男の「独行の這入」で蠢き、苦しむものは、あのような姿かとも思える。男は叫び続け、ばたばたと取り乱し、狼が自らの尻尾を必死に追いかけるような狂いを見せてのたうつ。木剣を自らの体に幾度もぶつけ、拳やら膝やらを床に叩き付ける有様。傾《かし》ぐように立ち上がったかと思うと、汚れた衣の背中を見せて堂の扉から闇の中に飛び出した。

木剣の乾いた音と土嚢が落ちるような音がしたのは、暗さに慣れぬ目のせいで、堂の石段から地に倒れ込んだのであろう。

粗忽者《そこつもの》めが。

それでも絶叫する声が闇の中に谺しながら、山犬のように遠ざかっていく。藪を切る音、杉の幹を啄木鳥《きつつき》のごとく連打する音、獣じみた叫喚の声……。

さて、男は闇の中で何と出会うているか。

破れ堂の乏しい灯明に照らされた不動明王像に目をやる。

「……ノウマク　サンマンダ　バサラダン　センダンマカロシャダヤ……」

節くれだった両の指を組み合わせ、人差指を立てる印相。真言を唱える。

「……ソハタヤ　ウンタラタ　カンマン……」

埃に覆われ、所々蜘蛛の巣で黴がかかっておるが、衆生《しゅじょう》を威嚇して悟りへと導こうとする忿怒の形相に変わりはない。

男の煩悩である兵法の病いを断ち切ることができるか、否か。それは知らぬ。隆起した眉間をよじらせ、寄り目がちに眼を見開いた不動明王は、男そのものではないか。右手に悪鬼を懲らす宝剣、左手に衆生救済の羂索《けんさく》。朦々とたなびいて、わななく光背の迦楼羅焔光《かるらえんこう》までが、男の体から立ちのぼる気の形である。

だが、男の剣も羂索も勝負に勝つためだけのもの。放たれる気の色は、殺気のみ。恐ろしいほどの力を秘めながら、分かれ道を辿り、人を救う者ともなれば、殺める者ともなる。

運命の悪戯としか喩えようもなければど、男がもしも神仏の光を見出したくば、己の内なる闇に入り込むしかない。その忿怒の目を開けて三世十方を見るのではなく、むしろその目を閉じ、「独行の這入」に没入せねばならぬのだ。

明王像に白檀の線香を足しては、真言を唱える。白檀はまた、百合の香にも似て、男を慰めてくれようか。

拾弐《じゅうに》

怒りなのか。みじめさなのか。悲しさなのか。

完膚なきまでに虚仮《こけ》にされた己の苛立ちを、いかにすることもできぬ。固く目を閉じれば、闇というのに月白に光って、いくつも菱が連なる。吉岡一門のひしめく鎗の穂先かと見て、木剣ですかさず袈裟斬りに薙《な》げば、葉群の音である。剣を斜《はす》の下段に構えた甲冑姿の巨大な男は、持国天《じこくてん》か。剣を持つ左の手に斬り込み、高く喉元に剣先を突き入れる。とてつもない衝撃を返してきたのは、杉の巨木だ。

斬り込む。

斬り込む。

斬り上げる。

廻し打ち。

闇を裂く音は聞こえるが、自らの切迫した息差しが乱れて、拍子が合わぬ。怒りにまかせて力を込めるほどに、剣先は鈍く、闇の芯に届かない。

ふと、目の前を過るもの……闇の中を走る漆黒の影。

天狗か、狼か、物の怪か。

間断なく左右に、まちまちの大きさの闇の影が行き交い、時にこちらに石火の速さで向かってくる。よく形を見極められぬ影を、木剣で真正面から一直線に斬り落とす。両断したかと思ううちにも、割れた闇に自らが呑み込まれている。その闇に呑まれた中に、さらなる漆黒の影が空から地から矢継ぎ早に襲ってくるのだ。

「何だッ」

男は袈裟斬りにした闇の影に呑まれ、その漆黒の中の、さらに横から走ってくる闇を下から斬り上げた。

鈍い感触がある。闇の肉を切り裂いているのか。だが、己は闇の中を走る闇をなにゆえ分別できる？　漆黒の闇に闇は溶けて、見えるはずもないにもかかわらず、己に襲いくる次々の影に木剣を振るっているとは何事か。

妄想……。

「独行の這入」が口を開け、黒い光が漏れ出している。又七郎の頸《くび》を刎《は》ねた刹那から、這入がほんのわずかな風でも揺れているのだ。自らでもいずこから湧き上がるのか分からぬ殺生への執着が、己に襲いかかっている。

己よりも強い兵法者がいることが許せぬ。また信じ難い。けだし、己が敗北するなどということがあったとすれば、それは十方世界ではないのだ。だが、かような想いはどの兵法者にも等しいに違いない。

己は果たしてそれだけか。兵法の技を誰よりも極めたいのか。それとも、兵法などは手段の一つで、どうにもならぬ息遣いと脈を持った化物が、幼き頃より棲みついているのではないか……。

——うぬは兵法も、生き様も、まだ竿の根もと。いや、その竿をいずこに垂らしているのやも分からぬわ。

愚独からいわせれば、端《はな》から己は世の兵法者とは違う竿を奈落の闇に差し込んでいるということだ。幾多の立合いも、兵法者の栄えと思いながら、竿の先からまったく異なる谷底を覗いている。

虚無なのか、ひしめきなのか、混沌なのか。

鬱蒼とした奇怪な樹々や草の絡まる崖穴《がけあな》の底は、あまりに深く闇で靄《もや》っている。夥しい数の蛇が団子になり、波になり、邪鬼がそれらを食ろうて生臭い息を吐き出しているだろう。そこから龍が生まれ出でて、闇の靄を突き破り天空へと恐ろしい勢いで駆け登ることもあるか。まだ言の葉も発せぬ赤子も這い、玉のごとき肌の裸女もいれば、言の葉として舌の上にものらぬ、名づけえぬものも蠢いている。

わずかな輪郭を光らせて崖の壁を登る何者かがいると思うても、指を滑らせて言の葉なき世界に落ちていく。己はその底にあるものが見たいのであろう？　それとも己こそが混沌とした底そのものであるか。言の葉にのれば、形を成し、斬ることができる。だが、言の葉にならぬものは見えぬ。己は剣を遮二無二振り、むしろ形なきものから形を創り出そうともがいている。

何のために？

……分からない。

斬る太刀、捌く太刀、己が操っているとも思えず、夢路の中で己の背をぼんやりと眺めているようで、「己はまことに殺せるのか、殺せるのか」と試している。そして、何も得ない。形になる前に夢路の底へと逃げていく。

斬る。頸が落ちる。叩く。頭蓋が割れる。噴き出る湯のような温みの返り血を浴びつつ、いまだ夢見の不可思議。その時の、あまりにも遠い現《うつつ》……。

敵の頽《くずお》れる背中も、柄を握る己の血に濡れた手も、事もなげに風に靡《なび》く草、天空で輪を描く鳶《とび》の声、あるいは自らの乱れた息差しの音も、何もかもが遠い。それでも敵の亡骸を捨て置いて、現の地に己の足取りを進めることの奇妙なる感触に、文楽や和蘭《オランダ》の操り人形のごとく思うのだ。

「分からぬ、分からぬ、分からぬ！」

闇の中に噎《む》せるほどの草いきれが立ち込める。

斬る。

月明かりもない森の中では木剣の残光すらも過らない。かすかに幹や葉群や虫らが発する気のようなものが存在を示しているだけだ。

いや、それすらも錯誤やも知れぬ。見えぬ、というのは、言の葉にのらないということだ。名指され、形あるものだから、斬れる。名指されぬものは、己に襲いくる闇の中の影に等しい。やたらに木剣を振り回し、あがくのは、自らの心の奥底にある闇の中の影をとらえることができぬからだ。

邪念、憎悪、怒り、欲動、狂い……。地獄、餓鬼、畜生……。

「見えて……おらぬ」

まだ言の葉を覚えぬ童の方が、見切っているといえぬか。

童らがわけもなく泣くのは、言の葉以前の全く違う眼によって、闇の中の影を如実に見ているからかも知れぬ。頂門《ちょうもん》の眼、不空羂索観音《ふくうけんじゃくかんのん》のように額にあるもう一つの竪眼《じゅがん》。もし、その心眼を得ることができれば……。

木剣を横に薙ぎ、即座に剣先で天を突くと、足元まで真一文字に斬り下ろす。十字の残像も見えぬが、闇を裂く音だけが交わる。四方にめくれる闇の肉の中は、やはり闇。

「……人ならば……造作もなく斬れるに……」と、青眼の構えでわずかに引きながら、闇の奥に眼を凝らす。

何も見えない。

半歩前に爪先で地をにじる。

見えない。

「……人ならば？」

造作もなく？

本当に己は、人ならば造作もなく斬れると断ずることができるのか。あの幼子の又七郎を斬り捨てた身。非情の極みでもあろうが、百尺竿頭に進めというならば、最も斬ってはならぬものを斬らねばならぬ、ということではあるまいか。さあらば、父無二斎を斬るか？　そして、播州の母も……？

祖《そ》に逢うては、祖を殺せ……。

道を極めるためならば、たとえ親でも殺せという禅の文句が脳裏を過る。そして――。

仏に逢うては、仏を殺せ。

愚独はこれでもかというほど、己を虚仮にし、愚弄した。究極に辿り着くなど、おまえには端《はな》から無理だと。

百尺竿頭須進歩　十方世界現全身

最もできぬことをやるのが、竿頭に坐ること。おまえは何も知らぬいたいけな幼子を斬り殺したではないか。ならば、親でも斬り殺せるであろう。仏も斬り殺せるであろう。

ほれ、どうした？　さて、どうする？

仏を斬れ、と愚独はいっているのだ。

されば、そう申す愚独老師自身はどうなのだ？

暴風に揺れるその竿の先に坐り込み、真空無相の禅定《ぜんじょう》に入って、自由自在。何がこようと、何がくるまいと関係ない。己が燈籠庵を訪ねようが訪ねまいが、すでに坐り、一如となっていた。ならば愚独は殺人剣の俺に殺されてもかまわぬという、本気の覚悟であったということになる。

そうではあるまいか、愚独……。

拾参《じゅうさん》

　破れ堂に入り込む隙間風のせいで灯明《とうみょう》が揺れ、不動明王像に刻まれた忿怒《ふんぬ》の影が生きているがごとく蠢く。迦楼羅焔光《かるらえんこう》の夥《おびただ》しい渦を巻いて燃え上がる様がますます激しく、衆生の迷いを焙《あぶ》り、障《さわ》りを焼き尽くしてくれようとしているのか。

「ノウマク　サンマンダ　バサラダン　センダンマカロシャダヤ……」

　そして、あの迷いに迷うて、自らが三世十方にあることも、己の剣が殺人剣であることも分からのうなった男……。

　救われるか、救われぬか、儂《わし》にも分からぬ。妙心寺の一三九世大淵玄弘禅師もまた、なにゆえ禅密双修《ぜんみつそうしゅう》の儂のもとへとよこしたのか。臨済禅ではもはや手に負えぬ男の狂いには、密教の呪《まじな》いや護摩《ごま》焚きの方が良いとでも思うたか。真言であれ、禅であれ、心の底に吹き荒れる時化《しけ》の景色は変わらぬ。小さき笹舟に独り乗りて、波濤《はとう》に翻弄されながら、己を無にして十方と同化するも良し。そのまま即身成仏となるも良し。

血涙が滲むほど怒り、狂奔の態で闇の中に飛び出した男……修験の天狗から儂の耳にも伝わってきたが、吉岡一門との凄絶な闘いに、心を病んだとしてもおかしくはなけれど、根本の病いは本人自らが知っていること。それに気づいて、殺人剣など捨ててくれれば、神仏も許してくれようものを。

「ソハタヤ　ウンタラタ　カンマン……」

教王護国寺に戻り、瞑想三昧。己の中に棲みつく魔物と対峙して、見据えよ。いかなる形相をしているか。いかなる息を吐くか。いかなる業を抱えているか。人を斬る剣など捨て、筆を持ちて画にするも良し。言の葉にて文章を紡ぐも良し。あるいは、琵琶《びわ》を奏でて、その魔物を舞わせても良いのだ。己の師など求めても、いずこにもおらぬ。己の心を極むるほかに、師はなしと思え。

「ノウマク　サンマンダ　バサラダン……」

不動明王像の面差しが歪み、震え、蠢く。風がまた少し入ったか。印を結んだまま、破れ堂の扉に視線をなにげなくやると――。

男が立っていた。

隆起した眉間の楔形の影。荒《すさ》み逆立った眉の下には、怒りで大きく見開かれた眼の中の瞳が、射すくめている。半身衣を脱いだ、頑健な筋骨の体軀には血の道がふくらみ、刀傷のいくつかも蛇のように這うていた。

そして、右手にかざした木剣……。背や肩から朦々と上がる汗の気が、迦楼羅焔光にも見え、一乗寺の曼殊院《まんしゆいん》で拝んだことがある黄不動そのものではないか。下り松で吉岡一門をめった斬りにしたのは、黄不動であったかと、刹那、妄想が走りもする。

「剣に隠れて参ったか。それとも、己に剣が隠れているか」

「……いずれでもよし」

「いまだ剣であるか、すでに剣であるか」

「仏を拝めば、いまだ剣。仏を斬れば、すでに剣」

結んだ印をおもむろに外し、不動となった男の姿を見上げる。

殺気などを超えた恐ろしいほどの男の気配に、闇部山の闇までが息を凝らして、異様なほど静まった。いかな天下に名立たる剣豪にても、今のこの男と対峙したならば、冷《れい》汗淋漓《かんりんり》どころか気が遠くなりてもおかしくはあるまい。

「さて、うぬは何しにきた？」

灯明の焔の揺れさえも止まる。
「これなりーッ！」
音もなく、男の影が一気に覆った。風を斬る音は迦楼羅の羽音か、雷鳴の轟《とど》ろきか。
不動明王の宝剣が光る。
男の木剣の一閃——。
頭頂から一刀両断。
仏は頽《くずお》れた。

拾肆《じゅうし》

闇の中を走る。

蔓草《つるくさ》が絡みつき、岩に蹴つまずき、幹に肩をぶつけ、転がり落ちる。土と化した朽ち落葉が口の中に入り、反吐を吐こうにも力が入らぬ。愚独を斬った時の、雷撃を食らったかのような衝撃を、腕や肩、全身に覚えながら、体の中が、いや、心の中ががらんとした洞になり、闇部山の闇がそのまま入り込んでいるようだった。

愚独を殺った。

仏を殺した。

だが……。

己が此《こ》の世にあることを証するために仏を斬ったが、空無としか思えぬほど、心の奥底に応ずるものがない。小石の一つも落ちて波紋が広がることも、荒れ狂うた風に波濤《はとう》が砕けることも、また鉄の鎔けて赤々と燃え上がることもない。逆に、己の中の一切を殺したかのように、しんとしている。

——がらんどうじゃ。がらんどう。

あの痩せさらばえた老僧を、一気に叩き斬った刹那。

こちらに迷いはなかったはず。真剣のごとく木剣の刃筋が通ったはずなのだ。だが、恐ろしいほどの重さと衝撃を受けたのは、破《や》れ堂の不動明王の宝剣が受けたということもあるか。間違いなく、愚独は骨まで砕けて頽れた。これが真に人を殺める罪というものの深さ。兵法での生き死にとは違う次元ゆえに、己は今、愚独にむしろ抹殺されて亡骸となり、闇部山を彷徨うている。

——がらんどうじゃ。

愚独の哄笑する声が耳奥に蘇る。あたかも己のすぐそばにいて、耳打ちして笑う息差しまで感じるかのようだ。

足元の見えぬ闇の山道を闇雲に下り、闇部山の麓近くにまで降りた頃は、東の端が明るくなりかけてもいた。己の形相がいかに変化したかは分からぬが、もはや罪人のそれであろう。紛れもなく、人を殺めたのである。こたびばかりは、果し合いでも試合でもない。明白なる人殺しである。そして、ようやく己が己らしく、真っ当に斬ったともいえるのかも知れぬ。それゆえにこそ、何も残らない。

胸中の空白に比して、愚独を斬った刹那の衝撃だけがいまだ手の内に残り、痺れるかのようなのが不思議でもあった。薄明るくなった朝の日に腕をかざせば……。手の内から腕にかけて、葉脈のごとき網の筋が紫に這い、所々肌の中で煙って斑《まだら》に出血していた。

真言の法力か。

いずこの寺からであるか、捨て鐘が遠く三つ鳴るのが聞こえる。そして、明六ツ《あけむ》の鐘。がらんどうの心に、鐘の音が染み渡るほどである。その朝霧を伝って響く鐘の音そのものが、己になったように通る。いや、あの鴇色《ときいろ》に染まり始めた山の端も、刈り入れを待つ稲の穂波も、畔《あぜ》に靡《なび》く他愛なき草どもも、己がそれら一つ一つになった感触がある。闇部山《あんぶざん》に跳梁していた天狗や魔物も影を潜める刻。己も業が回って、潔う自訴する身となり、打ち首獄門の様を吉岡一門の霊に笑うて喜ばれるかと思うていたのも束の間、やはり死んでいるのは己やも知れぬと気づく。

愚独を斬ったと思っていたが、兜跋寺塔頭《とばつじたっちゅう》で見事に殺《や》られたのは、己の方か。下りてきた闇部山を静かに振り返る。

と、なるほど、愚独の皺ばんだ顔がそこにあった……。


「気がつかれたか……」

「……愚、独殿」

「……これは異な事を申す」

朧に見える禿頭の老顔が、やがて線を結び始めて、男は咄嗟に半身を起こした。

頭の芯や腕、肩に鈍い痛みが走るが、素早く八方に視線だけ走らせる。見えるのは、兜跋寺塔頭と違うて、清浄な障子に映る竹の葉の影であろう。禅画の軸の掛かる床の間であろう。部屋の隅には、まだ若い附弟《ふてい》の修行僧が一人、男の頭を冷やすための濡れ手拭いの桶を用意してもいた。そして、目の前には臨済妙心寺一三九世の高僧、大淵玄弘禅師が、ゆったりとした袈裟衣をまとうて、男を窺うように坐っている。

闇部山麓の畔で気を失うたもののふが、うわ言で「……妙心寺へ、妙心寺へ」というのを村人らが聞き、大八車で運んでくれたのも、男は分からぬであろう。村人らにいわせれば、山の崖から滑り落ちて頭をしたたかに打ち、気を失うたらしいが事実はどうであるか。

「こ、これは、大淵禅師《だいえんぜんじ》」と、寝具の上に正坐して低頭する男の姿を見て、大淵玄弘も安心したか、眦《まなじり》に皺を寄せて頷いた。

「尊公、闇部山に参られたか」

「はッ」

わずかに身の内に力をこめるだけで、頭に鈍い痛みが籠り、眩暈《めまい》がする。滑落ではなく、やはり愚独の破れ堂で不動明王の宝剣を受けたのか、とも思う。

「何があられたかの」

「……某《それがし》、自訴する前に、大淵禅師にお会いしとうございました」

「自訴、と?」

大淵禅師が白い眉根を捩《ね》じり上げる。だが、皺の寄った口の端にわけありの笑みを浮かべたようにも思えた。

男にすれば、今すぐにでも罪を明かしたかったのであろう。それも若さ。自らがあれから三日間、こんこんと眠り続けたのも覚えていない。

「尊公が何を申しておるか分からぬが……あの闇部山、己の中の魔物を見る修験の山や

さかいの。何を見たか

「大淵禅師……何を見たかと仰せであるが、兜跋寺塔頭燈籠庵住職、愚独老師に会いにいけとご教示いただいたのは……」

「おう、愚独老師であったな。禅密双修の高僧。儂も会うたことがないが、老師は何と仰せであった」

大淵がそういうと、後ろの附弟《ふてい》がわずかに顔を伏せたようにも見える。

「……百尺竿頭《ひやくしやくかんとう》に須《すべか》らく歩を進めよ、と。十方世界に全身を現ずべし、とも。……されど、某《それがし》はその竿の根もとにもおらぬ戯け、と唾棄されてございます」

「竿の根もとにもおらぬかッ。それはおもろいのぅ」

少しも面白くはない。まったき全否定を受けた者の屈辱は、三世に生きておらぬ、超俗の仏界の師たちには分からぬと男は思うたろう。

「愚独老師は、確かに、その百尺竿頭の先に坐っておられたと、お見受けしました」

自らの木剣が直撃するのを超然と受け止めていたように思えたが。

「否、否。老師は竿頭どころか、さらにその先、宙に浮いて、塵のごとき自由自在であろうに。のぅ」

大淵がわずかに顔を傾けて附弟の方を目の端で捉えると、若い僧は「さようでございます」と青々しい禿頭を下げながら合掌している。

「尊公。で、何を見た？　教王護国寺で見た悄然とした尊公とは、明らかに面差しが違うが」

それは人を殺めた罪を自訴する覚悟ができただけに過ぎぬ。

「……形あるものを斬り、形なきものの正体を暴くのが、己の剣と……。ただ、そう思うたのは己ではなく、十方世界の方が己に求め、迫ってくるものと感ずるのでございます」

「うむ。で？」

「愚独殿は、剣に隠れて参ったか、それとも、己に剣が隠れているか、と問うてきたのでござる。いまだ剣であるか、すでに剣であるか、とも」

「なかなか」

「仏を拝めば、いまだ剣。仏を斬れば、すでに剣。……そして……某は……、愚独老師を……斬った、のでございます」

部屋の中が刹那、凍りついた。

附弟が手拭いを桶の中に落とし、水の跳ねが血の溜まりの音のように聞こえる。かすかに息を吸う音がしたかと思うや、大淵禅師が獰猛なほどの眼光で男を射貫き、口をすぼめるように動かした。

「よーーーーーーーーーーーーーーぅ、斬った」

男は何のことか分からず、顔を上げる。

良く、斬った、と?

「尊公。剣と己、ではない。己と敵でもない。剣が己で、己が剣であるという平等一如。己すらも分からぬ未分のままにあるは、なるほど、兵法を極める者に散見されようが、それは赤子に戻るだけの話よ。いまだ剣と己が一つであろう。されど、剣と己が、すでに一つとならば、愚独老師と同じ、塵のごとき自由自在。そうではあるまいか」

「禅師、己は愚独老師を……立合いでも勝負でもなく、一人の人間を殺めたのでござるッ」

「ああ、尊公自身を斬ったとも」

「さような話ではございませぬッ」

「だが、まだまだ刹那の話。己の魔物をちょいと殺めただけよ。これから、これから」

「これで剣を捨て、自訴し、清々《すがすが》しい身となるだけでござる」

「これから、これから」

寝具についた両の手には、依然、気色《きそく》の悪い紫の網が這い回っている。この手が兵法者でもない愚独を、酷《むご》い一撃で殺めてしもうたのである。何の逃れがあるものか。

「されば、尊公。自訴する前に、愚独を弔うてやれ。闇部山は鴉も狼も多くてのう。尊公が三日も寝込んでいたうちに、舎利すらもばらけてしもうたかも知れぬ。おい、こやつに握り飯を持たせよ。線香ものぅ」

大淵禅師の言に、附弟はまた青い剃髪の頭を下げ、「承知ぃー」と屈託のない声を上げたのである。

拾伍《じゅうご》

日中の闇部山は夜と違うて、むしろ鬱蒼とした樹々の葉群の濃さが圧倒してくる。合掌しながら石くれで荒れた小道を一歩一歩進みながら、経を唱える。真言は知らぬから禅宗の大悲心陀羅尼《だいひしんだらに》。

二本杉と呼ばれる途中までの登り路は、三日前の夜でも分かったが、昼に見ても薄暗がりの山中ではそこからが心もとない。二本杉の間の子《ね》、右の杉脇の寅《とら》、左の杉脇の戌《いぬ》と三方に分かれた、獣道にも見えぬ蔓や雑草の分け跡。あの夜も戌の方角に登ったはずだ。

再び合掌のまま低頭し、草鞋の足で分け入る。

繁茂する巨大な羊歯《しだ》の群れは、奇怪な害虫の肢にも見え、節くれた枝々から垂れる夥しい蔓が、粘り落ちる腐肉の汁のようでもある。大蛇が幾重にも巻き付いたような、奔放なねじれを見せる倒木をまたぎ、龍の逆鱗《げきりん》のごとくひしめく猿の腰掛を草鞋の底でこそぎ落とす。噎《む》せそうなほどの青い草いきれが、肺腑《はいふ》に粘って息苦しい。気づけば、足の脛やら首元に青黒い蛭《ひる》が何匹も食らいついて、血を吸うていた。

急がねばならぬ。あの扉もなきような破れ堂《や》では、狼も山犬もすぐに入り込む。死肉を食らうて、骸がばらけているやも知れぬ。

いや、女！

破れ堂の隅で寝入っていた女が、もしや弔うて……。だが、あの見ることも、喋ることも、聞くことも不自由という女は、あれからいずこにいった？　すでに闇の中、破れ堂に戻って愚独を撲殺した時には、まったく気配がなかった。いなかった。ただ、思い起こせば、堂の薄暗がりの中に醸されていた百合の香だけが生々しく、鼻先に開いてくる。まさか己は、狂いに狂うて、愚独もろとも、女まで斬ったということもあるか。

急がねば。急がねばならぬ。

騒ぎ立てる鴉どもも、すでに愚独を無慈悲に寄ってたかってついばんでいるかも知れぬ。

無慈悲に？

無慈悲、などという言の葉は、己が安易にいえることではあるまい。

いまだに夜の闇部山でのことが夢路にあるようで、現《うつつ》の出来事であった事実に辿り着くために、この山路のごとき迷いを通らねばならぬ心地がした。

己は一体何をした？

己は今まで何をしてきた？

兵法の上でのことではなく、生まれて初めて人を殺めて、愚独のいっていた己の「謀り」に気づいたといえる。誰よりも強い、誰よりも兵法の頂点を極めようとした己は、いなかった。ただ、己があることを確かめるために、必要だったのが、人を殺めることとしかいいようがない。

一撃の約あるにより命根は輔弼《ほひつ》す。

己が設けたこの約の嘘寒さ。己はいつでも一撃で命を取ろうとしていた鬼である。独行の這入の奥に、いつも息を潜めて炯々《けいけい》と血走った眼を光らせていた鬼の存在には、有馬喜兵衛との一件から気づいていたであろうに。

竿頭……つまりは己にとっては、剣の先を初めから異様な魔域に差し伸べていた、と愚独老師はいっていたのだ。

「いずこに、いかれる？」

いきなり頭上から声がして、咄嗟に脇差の鯉口に手をやる。

木剣はあの夜に失って以来、帯刀していない。まして、弔いに参る身である。長いものは憚《はばか》られた。視線だけ走らせると、山伏姿の男が斜面に露出した根株の上に佇んで、頭巾の下の眼差しを伏せて見下ろしている。なにゆえ気配に気づかなかったか。不覚もいいところである。

「いや、それには及ばぬ」

わずかな木漏れ日の逆光で影に見えたが、目を凝らせば、白い手甲をつけた片腕を差し伸べて、こちらの脇差を示していた。そして、その伸ばした指先、髭の生えた顔、頸……露わになる肌のすべてに、緑青色の蛭《ひる》が鱗のようにへばりついていた。

この修験の男……。わずかな殺気をも殺しているということか。殺気すらもなく、一本の樹になり、一塊の岩になっていたことになる。蛭も血など吸う気もなく、ただ這うていただけ。毒蛇がまといつこうが、雀蜂が襲おうが、樹であり岩であるゆえに恐れる用もない。

「兜跋寺塔頭燈籠庵、愚独老師のもとへ」

「……愚独老師、とな？　されど、老師は……」

「存じておる」

「……はて、そなた、三日ほど前にも、山に訪ねてこられた兵法者ではござらぬか。その殺気に、鴉も天狗も騒いでおったが」

「……到らぬゆえ」

「線香の香がするな。よくよくご供養されたし。そこから亥《い》の方へ参れば、じきに」

そういうと、手にしていた錫杖《しやくじよう》の遊環を鳴らす。同時に、顔や手に這うていた蛭どもが、力なく剝がれてぽとりぽとりと八目草鞋の足元に落ちた。山伏は踵《きびす》を返したかと思うと、蒲葵扇《ほきせん》を揺らして、飛び立つように樹々の間に消えてしもうた。

「……あの山伏……すべて、承知の上ということか……。かたじけない」

それから半刻足らずほど登っていくと、羊歯や草々が薙ぎ倒され、滑り痕とともに黒土が鈍く光っている部分が現れた。その上の斜面を見ても、樹の枝が乱雑に折れて、新しい折れ口をいくつも露わにしている。己が闇雲に走り、滑り下った痕である。もう愚独の破れ堂も近い。

かすかに眼差しを斜に落として、耳をそばだてる。

狼や山犬の気配。

鴉の羽音や鳴き声……。

否、闇部山は恐ろしいほど静まり返っているように思えた。先ほどの山伏ならば、何かをつかむやも知れぬが、己には殺気くらいしか分からぬ。

と、十歩二十歩と登った時、樹々に囲まれたわずかな平地に出た。すぐ脇の杉の木肌には、己が木剣を打ちつけた凄惨な幾筋もの傷痕。えぐれた生木の亀裂が、まだ白い。草々の一様に水平に薙ぎ斬られた切り口も、すべて己が闇の中で暴れ狂うた結果である。

合掌をして、薄暗がりの平地に入り、目の前に佇む破れ堂に視線をやる。

……。

確かにこの辺りである。視線をさらに四方に投げる……。

……ない。

破れ堂が、ない。

いずこにも堂らしきものはない。

小走りに向かうと、地についた己の凄まじい足跡の弧、踏込み、擦りが目に入る。木剣で突いた深く鋭い穴もある。

破れ堂は？

不動明王像は？

そして、愚独老師は、女は……？

と、杉の大木のもと、草や葉群に覆われた奥の暗がりに、何かがうずくまり、頭を垂れるように頽《くずお》れている影があった。

近づく。

さらに近づく。

苔だらけの石くれの数々……。

「こ、これはッ……」

古い五輪塔が崩れ、近くには真っ二つに折れた己の木剣が捨て置かれてあった。

「ああッ……！」

思わず、腰の力が抜け、地に尻をつく。

これは……愚独老師の墓……。

ようやく、大淵玄弘禅師のいっていた意味が分かった。あの青々と剃髪した修行僧の不可思議な笑みも、先ほどの修験山伏の怪訝な面差しも……。

己は、闇部山の真っ暗闇に導き出された、独行の這入の魔物、つまりは己と対峙していたのだ。

そして、木剣で斬ったのが、愚独老師の五輪塔……。

しばらくの間、息もできず声も出せず、ただ体を震わせるばかりで何もできぬ。目を見開き、口をあんぐりと開け、放心と恐怖に襲われながら、それでも愚独の顔や声の幻を、現《うつつ》のこととして、紛れもなく思い起こすことのできる不可思議に打ちのめされている。

――百尺竿頭に須らく歩を進め、十方世界に全身を現ずべし。うぬは戦の百尺の竿の先の先まで行っていると思うか。極めたとでも思うか、戯け。

この言の葉を、己は間違いなく愚独の口から聞いたのだ。

幻であれ、夢路であれ、己の中の愚独がいうた。果てに、闇中《あんちゅう》の愚独老師の墓である五輪塔が機縁となり、独行の這入から浮かび出たもの。それを斬り殺したということか。

――戯け、と申した。断崖に突き出す百尺の竿を渡り、その先で坐る。己もおらぬ、敵もおらぬ。天下無双もおらぬ。畜生もおらぬ。それで悟達か。否。しかのみならず一歩踏み込んで、十方そのものになりきってこそ、己が天地。……うぬは兵法も、生き様も、まだ竿の根もと。いや、その竿をいずこに垂らしているのやも分からぬわ。

十方そのものになりきってこそ天地……。

己の天地の作り上げは、一体いずこで誤ったのか。すべてを形あるものとし、見えるものとする、己の言の葉。そして、己の言の葉から零《こぼ》れ蠢くもの。それらとの間合いの取り方が、恐ろしき魔物を育んで、十方も天地も破壊してきたのである。

うなだれ、のめり、しまいには額を土に擦りつけ、崩れた五輪塔に土下座していた。思わず、両の指の爪で土を引っつかみ、拳を握る。ひんやりとした黒土の冷たさが静謐過ぎて、それが仏の答に思えてならぬ。

涙と鼻汁を拭うて、地に転がる苔むした石塊を見やる。土台の矩形の石は角が磨滅して、夥しい苔や黴《かび》に覆われた様は、相当に長い年月を表わしていた。

愚独老師はいつの時代に寂滅されたのか。力ない膝でにじりより、石を抱くようにして、横の苔をこそぎ落としてみると、わずかに、「天喜《てんぎ》参年」の文字が見える。いつの世かも分からぬ。

この石台は、地輪《じりん》。

風雨に晒され、元の石の色も見分けがつかぬほどだが、他の四輪を支える根本は、ただひっそりと静まり返っている。己は立つ地からして、世間でいう和も穏やかもない、異様なる剣魔の土に足を踏み入れていた。その地を壊し、いかように新たな地を求めるべきか。

地に転がった球形の石は、水輪《すいりん》。

赤子ほどの大きさの丸石を抱き上げ、静かに地輪にのせて、落ち着く処を探す。己は止水も流れも知らず、ただただ荒波を逆立て、奔流のしぶきにまみれ、さらに渦の中に巻き込まれているのみ。水に浮く笹舟のごとく、水に靡く草のごとく、滑らか自在の心地になったこともない。

ひっくり返り、地に突き刺さるように傾いているのは、火輪《かりん》である。

四方の角もかなり磨滅していた。足を踏ん張り、反りを持った屋根のごとき石を持ち上げると、抉《えぐ》れるほどの傷が大きくつき、中の真新しい石の断面を覗かせる亀裂が入っているのに気づく。

覆う苔の緑のせいで、さっくりと刃を入れたばかりの肉のように白い。己が愚独の頭と思うて木剣を振り下ろした痕である。己の抱く火は業火のみであろう。殺人剣の炎は邪鬼を斬らず、むしろ悪や災いを呼び込むだけであった。いかにすれば、炎の色を変え、あの不動明王の迦楼羅焰光のごときものを持てるか……。

三日の間にも蜘蛛の巣が張り、五輪の石を動かすと、糸がほつれ煌めき、慌てふためく斑蜘蛛が地を這い逃げていく。

その変哲もない一匹の蜘蛛にも、命がある。

何を思うて逃げるのか。己が草鞋で潰すとでも察してか。己自身も分からぬが、今、悲しうほど、命あるものが愛しく思えているというに、まだ体のいずこかから、野暮とも未熟ともいえる殺気が漂うているに違いない。先の修験の山伏ならば、石を積み重ねている間にも、脇やら足に巣を張られるほど、己を消しているであろうに……。

鉢の形をした、風輪《ふうりん》。

草をそよがせる。葉群の音を立てる。風は透いて見えぬまま、ものを活かしもするが、刀が起こす風はものを殺す。その刀をまた遮二無二受けて応ずるから、因果なことを繰り返す。逃げる。かわす。避ける。そんな易しいことができぬ自らの肝は、あの斑蜘蛛よりも小さい。愚独の風が笑うている気もするが、耳を澄ましても何も聞こえぬ。

そして、草むらの中にまで転がり、苔に覆われた生首のように見えるのが、空輪《くうりん》の石。

人の体から離れて、野ざらしにされたもの。

このまま葬られもせず、誰にも知られぬまま朽ち、崩れ、粉となり、風に吹かれ、空に消える。擬宝珠《ぎぼし》のような空輪の石を抱くと、己の頸を持った気にもなる。

死なずに空となる禅定を得ることができれば、敵も我も天下無双も何もなく、また何ものでもある。森羅万象の隅々に己が宿り、己の中に森羅万象が宿る。

否、さような言の葉さえも空に溶けて、浮かびもしないからこそ、自他不二の禅定。

地。

水。

火。

風。

空。

宇宙すべてを表わす石塔は、無言にして泰然。

かようにして、頭頂の空輪を積み重ね、汗を垂らしては、胸中、言の葉で省みることさえ、愚かと、示されているようでもある。

……土台の地輪からして、己はなっていない。まったく異なる積み上げもできよう。

まったく異なる十方世界を築くこともできように……。

ただただ、己は人を斬るための剣を軸にして、歪《いびつ》な五輪を積み重ねて、兵法者としての名利と敵の骸の塔を作り上げてきたに過ぎぬ。

一体、何がしたくて剣など振るう。

五輪塔を前にひざまずいている自らの背中を、己自身が見ている気分になる。この男はいかに歩を進めるのか、を無感情のまま眺めている。

虚しい……。

愚独老師を……、しかも石塔の愚独老師を斬り殺した、お粗末な剣など、あるいは捨てるべきではあるまいか。

ふと、そんな想いが脳裏を過る。

剣を捨てる?

己が兵法者も、もののふの身分を捨て、ただの人となる?

独行の這入の奥から闇部山に現れた魔物は、また這入の奥に隠れて生臭い息を吐き続け、己の様子を窺っているのであろう。妙心寺の大淵玄弘禅師が、「これから、これから」と仰せになった言の葉が、ようやく迫ってくる。

苔むした五輪塔は、胸の高さほどの控えめなものである。教王護国寺で出会うた時、大淵禅師は、天喜なるはるか昔日に寂滅された愚独老師の五輪塔を拝め、という意で、己に闇部山を勧めたのか。あるいは、愚独老師なぞ方便で、この修験の闇部山の法力が、己の心の奥底に潜む魔物と対峙させるであろうことを思うたのか。

五輪塔から離れたところに捨てられた我が木剣……。

力なく視線をやると、無惨に真ん中からへし折れて、くの字になっている。赤樫の木剣が折れるほどの衝撃が、手から腕に紫色の内出血の網を作ったのである。だが、とも思う。この五輪塔はただの石塊ではなく、やはり法力なるものが宿り、己の両の腕の骨を砕こうとしていたのではないか。

二度と剣なぞ持てぬ体になれば、自由になれる、楽になれると……。

しばし、へし折れた樫の木剣を見やっていたが、懐から火打ち袋を取り出して、竹筒に入れた線香も取り出した。大淵禅師が用意してくれた線香……。

禅師は愚独老師の五輪塔に供えるためのものとして渡してくれたのである。己が吐いた「愚独を斬った」という戯言をいかに聞いたであろうか。鴉が啄《ついば》み、山犬が腕を食いちぎる愚独の骸を、本気で思うていたのは、己独りである。

綿に油を染みこませた火口《ほくち》を取り出す。供養のための線香に火をつけるのであれば、火種とする火口だけで間に合おう。だが……。

腰を屈め、なるべく乾いた細い枯れ枝を探す。五輪塔の周りに散らばる枯れ枝、さらには、もう少し太い枯れ枝と、集め始めている己がいたのだ。

拾陸《じゅうろく》

湿りを帯びた落葉を寄せると、純白の煙が幾筋も帯のように上がる。

「のろしじゃ、のろしじゃ」

竹箒《たけぼうき》で落葉を焚火に寄せるたびに、その白い煙を見て童らが騒いではしゃいだ。中には、竹枝の先に芋を刺して、焚火に突っ込む童もいる。むこうの方には、しごき帯に棒切れを差し、教王護国寺の広い境内を走り回る童らもいた。

延暦《えんりやく》一五年創建の真言宗根本道場……東寺《とうじ》とも呼ばれる古刹境内の厖大な広がりは、長い歳月を静かに積み重ね続けて、微動だにしない。にもかかわらず、刹那刹那に変わる秋の昼七ツの空を受けて、色を変える優しさがある。

仏、法、僧を表わした、食堂《じきどう》、講堂、金堂の、大きな瓦屋根も、夕刻に近づくにつれて黒く染みたような影を濃くしていく。食堂の庫裡《くり》から漏れる湯気の白さも秋の深まりをより見せていて、ここの観智院に匿われてすでに四月《よつき》が経とうとしている。

「なあ、おさむらいさん。また、鳥の絵をかいてえな」

「鳥か……。そうであるな」

観智院前の落葉を掃き清め、焚火するたびに、闇部山の五輪塔を思い出してはいたが、それもだいぶ薄らいではきた。己のへし折れた木剣は、蛇が威嚇するような音を立てながら、焚火の中を濃い緑青色の煙を燻《くすぶ》らせて燃えていたが。

「おさむらいさんは、なぜ、刀をもたんのや」

手脂で脂色《やにいろ》に光った柄からは黒い泡がいくつも噴き、刀身からは柘榴の実のような泡がいくつも噴いて――。

「そうよな。……俺は闘うのが、怖いのじゃ」

「なさけないのう」

愚独老師の石塔を崩すほどの赤樫の木刀も、火には勝てぬ。最後はふうふうと熾火《おきび》を抱えた白い灰になり、他の枯れ枝同様、炭となって粉々に砕けてしもうた。

「そげな焙り方をしたら、芋が焦げよう。もっと火の下に埋めるようにせねば」

「わかっておる。おさむらいさんは大きいからだをしとんのに、剣はまず新之助にはかなわんやろ」

芋を刺した竹から目を離して、童は境内のむこうを見やる。

しごき帯から抜いた棒切れを二本構えている童が、友の新之助というのであろうか。長いのやら、短いのやら、やはり棒を構えた他の童らと戦遊びをしている。

「おい、ほれ、落ちた」と、童の持つ竹の先から外れた火中の芋を、慌てて取ってやる。

「熱っ、熱っ！」

両の手で交互に芋を跳ねさせると、童らが幼い体をもんどり打たせて、笑い声をあげた。

「熱っ、熱っ！」と大袈裟に空に向かって、高く芋を投げる。童らが、「わーっ！」とさらに歓声を上げ、口を一様に開けて空を見上げた。

「ほれほれほれ」

竹棒を持った童の手に己の無骨な手を添えて、竹の先を空に向ける。狙いをつける。芋が回りながら落ちてきて、刺さった。

「寅吉、曲芸じゃ、曲芸じゃ！」

童らは大騒ぎしてはしゃぐが、当のぽかんとしていた寅吉も、得意げな顔になって、味噌っ歯を覗かせて笑うて見せた。

その時、唐突に境内のむこうで響く黄色い声がある。

「吉岡一門をたおしたるは、われなりー！」

二本の棒切れを下段に構えた、新之助という童である。

「おのれー、われこそは、京八流のぎおんとうじ、なるぞ」

「おうおう、われなるは大和の宝蔵院いんえい、と申すー」

皮肉にも、ここで再び、吉岡一門の名を耳にするとは……。

それも、皆、又七郎と同じくらいの齢か。

闇部山の夜の件以来、又七郎のことを思い起こすことはそれでも少なくなったが、ごく稀に、刀を振り上げた己の影を映している無垢な瞳だけが、瞼の裏の夢路いっぱいに現れることがある。その眼が、思い出したように、また現《うつつ》に襲いくる想いであった。

あの両の手に大小の棒切れを持ちながら歩み、敵に近づくにつれて剣先を交わらせる刀法……。誰が、一乗寺での騒乱をいかに伝えたのか分からぬが、幼子が真似る様に、胸が塞がり、息が乱れるほどだった。

やめよ。やめよ……。

「なにをおのれらー。われこそ天下むそう。がんりゅうこじろう、なりー。むてきの虎《こ》切《せつ》をうけてみよー」

ひときわ高い声が上がったと思うと、後ろの方でおなごと見える童が構えていた。

巌流小次郎……?

虎切……。

中条流の秘技三法の一つであることは知っている。一の太刀を真っ向に拝み打ちして、その次の刹那、屈み込み、打ち下ろした太刀をかつぎ上げて斬る秘技。室町の時代、中条兵庫助なる兵法者から継がれた流派。だが、巌流小次郎なる、その名は耳にしたことがないが……。

童らが贔屓《ひいき》の兵法者を名乗るのは、いつの世も習《なら》いというもの。鬼一法眼京八流の祇《ぎ》園藤次《おんとうじ》も然《しか》り。大和興福寺の坊、宝蔵院の覚禅坊胤栄《いんえい》は鎗術の名手。その小次郎を名乗ったおなごの童を見れば、身の丈ほどの竹竿を持って構えている。

華奢な体つきをして、一心に斜《はす》に構えているが、その長過ぎる竹竿が切なきほどで、時々、その重さに先を地につけたりもしている。

可愛らしい姿に笑みが零れそうになったが、ふと脳裏を過るものがあった。

……長過ぎる竿……？

長刀遣い？

「なあ、寅吉。あのおなごの童は、いずこの子だ？」

焚火の中に芋を差し込んでいた寅吉が、煙に目を瞬かせながら振り返る。しばし、じっと遠くの人影を見定めていたが、「……しらん。見たことないなあ」とぶっきらぼうに返してきた。

「巌流小次郎なるもののふは、誰のことであるか。強いのか」

「しらん。……吉岡を倒した、鬼の武蔵も、京八流の祇園藤次もしっとるが、小次郎いうのはしらんなあ」

幼子の口から、よもや己の名を聞くとは……。しかも、又七郎の首をこともなげに斬った鬼と……。

「……そうか。知らんか……」

肺腑の奥に鉛のごとき重いものが下りてくる。帯刀もせず、いつも観智院で墨絵ばかり描いている変わり者の浪人と思われているのが、せめてもの救いであった。

中条流は、富田勢源が中興の祖。

確か、目を患いて、盲目にもかかわらず、一尺五寸の小太刀で大太刀を制する技を持つと聞いた。いわば、心眼で立合う達人。その小太刀をさらに短くしていき、無刀こそ極みとする流派である。

その勢源の稽古で、幼き頃より、打太刀をつとめ続け、神憑《かみがか》りの腕を持つ若侍がいると、風の噂で聞いたことがある。勢源の心眼の小太刀稽古のために、あえて長尺の太刀で向かう、恐ろしいほど腕の立つ兵法者……。それが、巌流小次郎なる者ではあるまいか……。

いずこで、あの童はその長刀遣いを知ったのか。

そう思うと同時に、「ああ、ああ……」と心の奥底から呻きか嘆きか分からぬ己の声がせり上がってくる。

己は何を考えておる……。

闇部山の愚独老師の五輪塔前にて、自らの木剣を燃やしてしもうたではないか。もはや、剣なぞ捨てて、まったく異なる五輪を生きると誓うたのではあるまいか。

またも独行の這入の隙間から、靄のごときものが漏れ出すのを感ずる。

否。

これは落葉を寄せた焚火が消える前の燻《くすぶ》りと同じこと。これから燃え出す狼煙《のろし》、では断じてない。

「……ちょいと、童らの立合いを……見て参ろう」

「刀も持てんのに、おさむらいさんは、もの好きやなあ」

童らが声を上げながら、棒切れをぎこちなく交わしては走り回っている。広い教王護国寺の境内のむこうには、枯れた樹々の間から優美で堅牢な五重塔の影が覗いていた。

童らは棒切れをかざし、観音堂をかねた食堂の横へと走っていく。そのまま、池の方へと駆けていくようだが、長い竹の棒を引きずったおなごの童は、なにゆえか、皆と離れて講堂の石段を上り、ちらと振り返ったと思うたら、講堂の中へ入っていく。

「……遊びに飽いたか……」

追うようにして、おなごの入った講堂の古い扉を開けると、十方世界の中心、大日如来をはじめとする二一尊の仏。須弥壇《しゅみだん》の、薄暗く、静謐な気が宿っている。

弘法大師空海の創意、胎蔵界曼荼羅《たいぞうかいまんだら》と金剛界曼荼羅を合わせた羯磨《かつま》曼荼羅。それを表わす、はるか平安の世からの仏像は、長い歳月のせいか、乾いた埃くささを堂内に放っているが、いつ訪れてもその刻《とき》の堆積こそが、荒んだ心を落ち着かせもする。

力感に溢れた体躯が甲冑《かっちゅう》をはち切れんばかりにして、右手に三鈷戟《さんこげき》、左手に剣をかざす構えの持国天が、獰猛なほどの面差しで睨みつけていた。この東の守護神は二匹の邪鬼をむんずと踏みつけているが、一乗寺下り松で相手の生首やら胴体やらを踏んで、二刀を振り上げていたのは、誰であったか。

目をわずかに伏せようとした時、奥の金剛薩埵《さった》の光背の影に、童の過る影が見えた。

「逃げずとも、よい」

阿閦如来《あしくにょらい》の背後を駆けて、智拳印《ちけんいん》を結んだ大日如来の光背の隙間に、赤い衣がちらちらと覗く。

「そげに走って、仏さまにぶつかるでないぞ」

隠れ鬼でもしているつもりか。かすかに、童の笑い声まで聞こえてくる。手に持っているであろう竹の棒が、像を傷つけるのではないかと冷や汗が出もする。

大日如来を真ん中に配置した、五智如来の像に素早く合掌し、またおなごの童を探そうと、左の五大明王へと視線を走らせる。

金剛夜叉か、降三世《ごうざんぜ》の後ろか。

と、すぐ近くに、童は赤いべべの姿でちょこなんと石床に坐り、目を閉じていた。

だが、おなごの背後に控えた坐像を見て、思わず息を呑む。

刹那、自ずと間合いを計りながら半歩摺足《すりあし》で下がり、息を細く吐いて身構えている己がいた。

一体、何に対して、己は間合いを取っているのかとも思う。薄暗い講堂の中に佇む、いくつもの古い曼荼羅仏像群は、それでも事あるごとに作務の終わりや途中に拝みにきている。いずれの像もよう知ってはいるつもりだったが、このおなごの童と一緒になった時に、いきなり恐ろしさがせり上がってきた。

「……またも夢路か、幻か……」

そう言の葉を漏らすと、「さてなー」と、童の高い声がして、純真そうな眼が蓮の花が咲くように開く。灯明もないのに、わずかに漏れ入る堂外の光をその黒い瞳に静かに溜めている。幼子の口から発せられた大人びた口調に、肌を薄ら寒き風が這っていくのが分かった。

「……わらわよ……おぬし、よもや……」

右手に金に輝く諸刃の宝剣、左手には羂索。光背には巨大な蓮の花弁の形に縁どられた迦楼羅焰光がひしめく……。

忿怒の相の不動明王が、揺るぎない結跏趺坐《けっかふざ》で、童の後ろから眼光炯々《けいけい》として睨んでいた。

「……ぐ、愚独殿で、あるまいか……」

しばし構えを解かぬまま、幼子の瞳を見据えながら、背後の不動明王坐像が発する威圧の気を探っていた。

面差しは、闇部山燈籠庵で幻視した不動明王よりも幾分は優しいが、重く、こちらの腹の底を抉り、邪念に汚れた腸《はらわた》を引っつかむがごとき力を覚える。

と、女童の初心な唇が小さく動き始めた。

「……ノウマク　サンマンダ　バサラダン　センダンマカロシャダヤ……」

声は幼いが、紛れもなく唱えられ始めたのは真言。おもむろに、膝の上にあった小さな手を掲げ、白く短い指で印を結んでもいる。

「……いずこで、また、夢路に入ったのか……」と、石床にひざまずく。講堂外の池で遊ぶ童らの声も、かすかにだが確かに耳に届いているというのに、何がしかの結界をまたいだということか。

「ほう、夢路とな」と童の幼い声。

「夢の内に参ったというよりも、うぬは、いまだ夢の内のままではあるまいか。ほれ、ここは闇部山の破れ堂に似とらぬか。うぬと同じ面《つら》をしたお不動もおるわ」

幼い者が大人びた口を利くのと、翁がふざけて幼子の拙い口を利くのとでは、恐ろしさが異なる。耄碌の童返りはそれでも得心できるものの、かようなかわいげなる童が年寄の言の葉を真似るなどありえぬ。まして、闇部山のことを知るなど、口寄せしかあるまいに。

童に目を凝らすと、おかっぱにした艶やかな髪が小刻みに揺れて、つぶらな瞳がわずかに上ずった。薄青いほどの白目に、蟻の肢のような繊細な血の道が走っている。

いまだ闇部山の破れ堂の内にいて、愚独の幻術に惑わされていることもありうるか。否。かくまわれた観智院の寝床で夢を見ている?

さらには、一乗寺下り松の果し合いなど、なかったのではあるまいか。

「……華厳の元暁《がんぎょう》の話を知っておろう。唐への途次にあった元暁と義湘《ぎしょう》……長旅の疲れもありて、夜を明かすため、穴倉のごとき堂を見つけて入った。夜中に喉が渇いてならぬ。闇の中に手を伸ばせば、近くに器がある。持てば水。その水のうまきこと、甘露《かんろ》のごとし。仏の御加護と思いて合掌したが、朝になりて、よく見れば、器と思うていたのが髑髏《どくろ》よ。髑髏に溜まった水を飲んだと、元暁、吐いてしもうたが……、さて、要は己の心で、甘露にも、臭き水にもなる。うぬの心は破れ堂にあるか、教王護国寺講堂にあるか、はて、又七郎を斬りしか、己を斬りしか……」

己の心によりて、目の前に坐る者が、おなごの童にも、愚独にもなる。己が斬る刹那に、どうにもならぬ幼い手をわずかに上げた又七郎が現れる。

首を振る。

違う。

播州にいる優しき母御《ははご》か。獣じみた息子をそれでもかぼうてくれた母の面差しは、金堂の日光菩薩のようであるが……。

いや、己の心ひとつで、残虐な父御《ちちご》無二斎にもなり、今にも小刀を投げつけてくる者にもなる。小刀や脇差を腹立ち紛れに容赦なく投げつけてくる父御に、木剣を己は振り上げる。

祖に逢うては祖を殺せ。仏に逢うては仏を殺せ。渾身の力で木剣を振り下ろそうとすれば、柘榴のような禿頭に皺ばんだ顔。だが、こちらを見透かし、射るような眼差しの愚独……。

「目を覚ませ。おぬしには、剣など捨てられぬ」

童の口から発せられているようで、いずこからとも分からぬ鐘の響きに似て、胸奥《きょうおう》がまたもがらんどうになった気分になる。

己は今、いつの時代にあるのやも、齢がいくつであるのやも判然とせぬ心地がして、ひざまずいている袴の襞を引っつかんだ。

指の節々にこもる力が己の輪郭を探してくれるかと思いきや、平安の世からの仏像群の並ぶ講堂の気は、ますます迷わせる。しまいには自らの腕を口元にやり、歯を思い切り立てて、その痛みを確かめようとした。

「戯け者めが……」

「……愚独殿……何を仰せになりたい？」

「某《それがし》は、愚独にあらず……。巌流小次郎なり……」

「巌流……小次郎……」

「そなたとは、真逆《まさか》の剣を使う者と、心に留め置かれよ」

愚独が何をいうているのか分からぬ。

童子の顔を見るが、引き付けを起こしたかのように白目を剝いて、瞳が見えない。巌流小次郎なる兵法者は、やはり中条流富田門下の長尺の剣を遣うと噂される者と同一か……。

「師を超えし者は、さらなる極意を求めて修行に出るが、さて、今、小次郎はいずこの土地をさまようているか……。加賀か、山城か、豊前かのう。腕が立つというのは不幸なさだめじゃが、小次郎の剣風は、それでもうぬの殺人剣とは異なる」

「真逆の剣、とは……秘技、虎切《こせつ》のことか。別名、燕返し……」

「愚かなり。浅はかなり。剣法のことにはあらずよ。確かに、小次郎はついついと飛ぶ燕を斬る腕を持つことになるじゃろう。豊前に辿り着いて、闍部山と同じ修験道の聖地、彦山岩石城の名族、佐々木一族の兵法者となってからじゃが……」

豊前彦山岩石城の佐々木一族……？

豊前といえば、「山々田畑ともに逃れなし」の太閤検地においても、猛烈な一揆を起こして秀吉の武力に抗した地と、父無二斎はいうていたが、太閤の派兵は肥後国一揆に向けてが事実。いや、秀吉の北野大茶湯を打ち切らせ、急遽九州平定に出兵させるほどの肥後国一揆と紛《まぎ》るほどに豊前彦山岩石城の一族は勢力を持つと解した方がいい。しかも、修験道の聖地……。

「それが、佐々木一族よ。闇部山の鴉天狗らの話では、修験の秘法を修めた力に、小倉細川藩も手をこまねいているようであったが、そこにさらなる神剣を持った小次郎が、佐々木一族に加わることになる」

「佐々木一族……？　佐々木……小次郎……。その男は、長尺の刀を遣うのではあるまいか」

「三尺あまりの備前長光を帯する。大太刀につきては、右に出る者なしよ。その佐々木小次郎を、細川藩は兵法指南役として取り立て、岩石城佐々木一門の勢力を手の内で操ろうと謀ったが……さて、修験道の名門一族が、藩ごときに動かされるか……。闇部山の鴉天狗どもも、呵々《かか》と笑うておるわ」

一体、愚独の話は、何を意味しているのか。細川藩に取り立てられたその佐々木巌流小次郎なる兵法者が、己といかに関わる……。

「佐々木小次郎、その名を持つ時には、もはや死ぬるさだめ……。だが、小次郎は秘技虎切を得るために、燕を斬るのではない。鳥飛んで、鳥のごとし、魚行《うおゆ》いて、魚に似たり、の悟りを得るためよ。人を斬る剣でも、権力を手中にするための剣でもない」

「……鳥飛んで、鳥のごとし、魚行いて、魚に似たり……」

ふと、その禅の言葉に、心のいずこかが波紋を立てる。己の独行の這入の奥でか。闇の波紋に備前長光の白刃が揺れるのを想うて、何か未来世に起こりうる感触を覚える。己と佐々木小次郎は会う。いや、立合う。

「して、その小次郎と己は——」

童の白目を剝いた顔を凝視して問おうとした時、睫毛《まつげ》が細かに震えてつぶらな瞳がぼんやりと下りてくる。葡萄《ぶどう》の実が覗いたかのような透いた瞳に、色が戻ってきて光を宿した。

「愚独殿……？」

堂外から漏れ入る夕日のせいか、控える不動明王像の迦楼羅焔光が一段と赤くなって、めらめらと炎の舌を燃え上がらせるようである。

金に輝く宝剣が、今、ゆっくりと我が身に振り下ろされても、己はただその剣を見ているのではないか、と妙なことを思う。己は闇部山の五輪塔を斬って、剣を捨てた身。ただ、その宝剣の太刀筋に見入って斬られるのだ。

己に斬られた者も、皆、ただ見ていたのではあるまいかとも思うてしまうのである。必死の形相で振りかかってくるこの不様な男は、何のために斬るのか、と。何を求めて斬るのか、と。己の求めていたのは、ただ勝つことのみ。ただ殺すことのみ。勝ちてのち、いかにする。殺してのち、いかにする。

何も……ない。

童の濡れた黒い瞳の中には、迦楼羅焔光の赤みを帯びた男の影が浮かび始めた。愚独が抜けて、ようやく気を取り戻したか、初心な唇がかすかに震えるのが見える。

「……おぶけさま……」

かすかに漏れた声とともに、いずこからか百合の香が漂うようであるが、大日如来坐像に供えられた仏花の香か。

迦楼羅焔光がますます強くなって、眼を射る眩しさに思え、眼を細めているうちにも光を背負った童の顔が影になる。童の影から不似合なほど白くたおやかな腕が伸びてきて、わずかに身構えると、また囁く声が聞こえた。

「お武家さま……」

拾柒《じゅうしち》

朧《おぼろ》なる景色……。

講堂の外は雨か。甍《いらか》を速雨《はやさめ》が風にはためき、撫でていくような音がして、気に湿りを帯びる。

目をおもむろに開ければ、すぐかたわらには、襦袢《じゅばん》から露わになった女の片方の乳根《ちね》が柔らかく揺れていた。素早く半身起き上がろうとするのを、女のたおやかな手が制する。

「お武家さま……えらい、魘《うな》されておいででした」

「一体、何が……」と、夢現《ゆめうつつ》の眼差しを彷徨わせる。

「魘されていたか……」

闇部山の破れ堂にいるのか、教王護国寺の講堂にいるのか、あるいは江戸の廓《くるわ》にでもいたのか……。耳を澄ませば、かすかに聞こえてくるのは、海鳴りと松風の音……。白い障子戸を燃やしているのは、朝焼け。わずかな隙間から入る朝の陽ざしが、寝床まで長い刃のように横切っていて、眼の眩みに眉間の力を込めた。

不動明王の迦楼羅焰光が残像になって、瞼の裏でわななく。先の眩しさが障子より漏れる朝日のせいとは分かったが、夢路ではなく、現《うつつ》に見た不動明王の背から燃え上がる炎のひしめきと激しさは、いつでも思い出す。

確かに七年前、教王護国寺にかくまわれていた折、己は小次郎を模する一人のおなごの小童を追って、講堂に入ったのだ。その時に見た不動明王坐像……。

豊前の佐々木一族の話を聞いたのは、夢路では童からであったが、現《うつつ》には父御や観智院の住職からうかがったものが種となりて、夢路に出たもの。その後、講堂の内でおなごの童に悪戯しようとしたとか、殺そうとしたとか、童らから噂を立てられ、観智院を出ざるをえぬ羽目になったが、それも今となれば、愚独和尚の謀りと……。

「ぐ、愚独⁉」

「……あのご一緒におられました御坊さまでしたら、先ほど立たれましてございます……」

「ここを出たと申すか」

この女は愚独を初めから亡魂とは思うておらぬ。

「明けぬ前に、いずこからかここにお戻りになって……恥ずかしう姿を見られました。夜半はどちらへと尋ねましたら、関門の月を見ながら、入舟を揺すっていたのよ、と、よう分からぬことを……」

「……入舟を……」

「……まだ辰の刻まで、充分刻はございますが、われは太郎左衛門が呼びに来る前に、ここを急ぎ下がります。朝餉《あさげ》の支度もありますゆえ……」

ほつれた嶋田の髪を一、二度、わずかに紅にそまる耳にかけて、眼差しをこちらの肩や胸元に揺らしていたが、憂いに濡れたかのような瞳が意味ありげに見つめ下ろしてきた。

いまだ熾《おこ》りの芯が赤みを持つ恥じらいからか。だが、播州の母が幼子であった男を見つめるようにも、どこぞの尼が今息絶えた仏の生前を慈しむようでもある。おなごの眼は恐ろしい。

いや、なお女の中に愚独が宿っているのかも知れぬ。その眼差しの奥に愚独を探そうとして睨み返したが、中々読めない。夜を共にした女にすれば、男は男のみか。けなげでもあり、昨日まで知らぬ我執に迷いもあるやも知れず。

その静かに見下ろす眼差しの翳り……。情け深い眼……。

一時といえども身も心も惑い乱した者が、数刻後には命を落とすかも知れぬ。男であれ、女であれ、浮世の分からぬところ。ましてや、もののふのさだめに切のうなってくる、とでもいいたげな不穏さを滲ませて、己に「舟島に参るのはやめた」といわせようとしているのではないか。涙するのも縁起でもなく、「このまま逃げなされ」というのも、無礼極まりないから、ただ見つめ下ろしている。

「……お武家さま……」

「……何だ……?」

女の一拍、二拍の沈黙が、男には知れぬ未来世への見通しの敏さを感じさせ、腹の底が泡立ってくる。もはや剣の道に迷った身では勝ち目はないと、舟島の海辺に血潮を漂わせ、倒れ込んでいる姿を、女は見ているかのようでもある。

「……いえ……何でも……ありませぬ。のちほど……約した、櫂にかわる樫の棒を、お持ちいたしますゆえ」

女は眦《まなじり》を硬くすると、襟の合わせを整え、後ろ手で帯を確かめつつ、何か想いを切るようにその囁き声に芯を入れた。凜と背筋を伸ばした姿が、愚独の乗り移った昨夜の女とは別人のようにも思える。

「いや、櫂《かい》にしてくれ。船頭の櫓《ろ》とは別の櫂を、二本頼む」

「……櫂を二本、でございますか……？」

「卒塔婆を二つ、要することになるかも知れぬゆえ」

遠く板敷を慌ただしく踏む水主らの足音が聞こえる。

威勢のいい声やらくぐもった声やらが混じって朝餉に向かうのは、いつもと変わらぬ様なのであろう。

関門の海へ舟を出し、投網《とあみ》を打つ者もいれば、舟島に死にゆく者もある。岩海苔《いわのり》や栄螺《さざえ》を取る海女もいれば、長い太刀で燕を斬る者もいる……。

この三世十方の営みがそれぞれにあることが、ややもすると不可思議に思えてきて、己が今、手を翳《かざ》し、障子戸を開けることも、いずこの世にわずかにでも響いているのであるか、響かないのか。

朝日を映した障子戸を開けると、目を射る眩しさ。光が満ちて、体の中を抜けていく。またここで夢路から覚めて、こたびは逆に不動明王の迦楼羅焔光を前にしている、と思うて、わずかに口の端が上がったが、目の前にはただ庭から関門の海へと広がる景色が、当たり前にあった。

斜めに傾ぐ松の並びの間から、一面、白銀色にさんざめく海原と、遠く連なる紫の山並みが見える。そして、舟島――。

「……美しい……」

思わず口から漏らしていて、己の中にさような情が残っているのも妙であった。昨日の関門海峡から湧き出づる入道雲に嗚咽した時と似た趣でもある。まして、己らの決闘の地である舟島の浮かびを見つつ、他人事のごとく感ずる心持ちが不可思議であった。

すでに己は、己の後ろ姿を見ているのかも知れぬ。この男は果たして、いかに関門海峡を見つめているのか。いかに立ち上がり、いかに一歩を進めるのか、と眺めている。

「……美しい……」と声を掠《かす》れさせた男が己か、その男の背中を見ている方が己か、いずれか分からぬ。

我がおっても、おらずとも、日が上るにつれて、潮のにおいが濃くなるのに変わりはない。

だが、その潮のにおいもしみじみと肺腑に沁みて、暗き深海の冷たさまでにおうように感じるのは、なにゆえか、とその男は思っているであろう。庭から浜に続く松林の葉が潮風に煌めいて、その一つ一つの光が妙なほど目に突き刺さる。あるいは、浜の風紋がわずかに崩れる音が聞こえるようでもあるのだ、と男が深く呼吸するのを己は見ている。

万象の一刹那ごとの変化が、聞こえ、見えるのは、男が今、言の葉を通さず景色と対峙しているゆえ。いや、景色そのものとなっているとも。

つまりは、末期の眼。

女が予知したように、己は死ぬるということかも知れぬ。ようやく、今になって瀑布《ばくふ》となって落ちる滝の雫《しずく》をとらえられる。鋭く、なめらかに体を返して飛ぶ燕を、斬ることができる？

縁に佇み、舟島を見つめる男の後ろ頭と背中を、己は見る。

ただ一介の浪人侍に過ぎぬではないか。

「……舟島になど……」

たとえ、日ノ本無双の剣技を持ったとしても、目の前に広がる海にとっては、名も知らぬ一微塵《いちみじん》の人に過ぎぬ。だからこそ、その一微塵が、人知れず黙々と生を全うすることに意味もあろう。何を難儀して、剣だの、仕官だの、兵法者としての名利《みょうり》だのと焦っていたのか。この関門海峡の美しい景色の一つ一つに心打たれて、茫然と言の葉を失っている方こそ、その男の真の姿ではあるまいか……。

いきなり、男は体を返すと部屋の隅に置いていた硯《すずり》と巻紙のもとへと駆け寄った。無雑作に皺を寄せ、丸められた紙には、鷲が己の生首を引っつかんでいる墨絵が凄惨なほどの筆速で描かれている。

「無惨な画よ……。理があり過ぎる……」

硯池《けんち》に残った墨はわずかではあるが、勢いよく巻紙を床に抛《ほう》ると、筆先を墨汁につけた。

「鳥……飛んで、鳥の……ごとし……」

真白き紙に墨を含んだ筆を強く下ろす。掠《かす》れた墨痕が弧を描き、影か、塊か、筆の穂先が潰れるほどに激しく擦りつけた。

「……魚行いて……魚に似たり」

何か分からぬもの……。

掠れた墨痕の濃い部分、薄い部分が重なり、歪んだ線を成しているが、それはまだ己がこだわっている証左。いつのまにか身につけてしもうた、ものの見方が、墨跡を作り出している。つまりは、十方をかように見て、かように思うて、裁断しているに過ぎぬ。その仕方を描いているだけだ。

だが、世界はその墨跡から逸《はぐ》れ、溢れ、さらに豊饒《ほうじょう》なるものに満ちている。それを描けぬこと、すなわち、真に斬るということが、いや、見るということができておらぬということだ。

筆先を立て、見た刹那のままを描こうとして、すぐに鳥を表わそうとしている。燕を描こうとして、燕になっている。これは燕ではない。頭の丸みがあり、小さき嘴が飛び出、手裏剣のごとき翼に、笹の葉のような鋭い尾羽が擦過する墨跡……。分別の末に紙に留めた、物にすぎぬ。

ツバメ、と思うて、空を仰ぎ見た刹那に、その「ツ」が、さらに刹那刹那壊れ、融け、ただ飛ぶ何かとなりて、純に、ツバメらしきものとなる。たえず、燕は生まれ変わり、燕を脱ぎ、燕を捨て、飛ぶものとなり、燕となる。

描けぬ。

よく分からぬもの……。独行の這入で蠢くものも同じ。言の葉にならぬもの、否、言の葉になる一刹那前の何か……。

巌流佐々木小次郎は、剣技のために、燕を斬っているのではない。言の葉になる一刹那前を掴むために、燕を斬ろうとし、そして、斬った。そう愚独はいいたいのであろう。

小次郎は、形なきものを、真にすでに斬っている、のか。

見ている己が空を飛ぶ鳥を見、水の中を泳ぐ魚を見ているのでは、ほんものではない。見ていない。それは見ている己がいるからである。己を脱去し、鳥そのものになっている刹那には、己などなし。また鳥もなし、とも。森羅万象のすべてを獲得している。万象が、一羽の鳥のようになって飛んでいる、と。

小次郎はすでにそのものとなりて世界に、宇宙乾坤《けんこん》にまで届いているか?

心の奥底がわななき、疼いて、総身の毛がそそり立つかのようになる。闇部山の破れ堂の中に、愚独を殺すために飛び込んだ時の戦慄と似ているようでいて、色がまったく違う。何かが開けている。

独行の這入か?

隙間でもなく、半開きでもなく、這入の奥に潜む有象無象の心の腸《はらわた》が、ぞろぞろとうねり出てくる感じでもあった。

「……見たい……。その剣を、見てみたい」

「そうよ、すなわち、うぬは斬られるということよ」と、己は、筆を持ち、肩で息をする男の背中に囁いてみる。

「いかにする」

「それも良し」

「斬られても良いか」

「斬られる刹那に、すべてを得る」

ただし、舟島ではやらぬ。やってはならぬ。だからこそ、小次郎を生かさねばならぬ。

拾捌《じゅうはち》

宿の用意してくれた朝餉《あさげ》を食す。

手水《ちょうず》を使うてから、縁に坐り、暫《しば》し細い煙のたなびく舟島を眺めていた。すでに小倉細川藩の検使《けんし》、警固《けいご》の者らが渡っているのであろう。いく艘か舟の帆も、舟島に向こうて撓《たわ》んでいる。巌流佐々木小次郎も、早、島に着いているやも知れぬ。

瞑想していた瞼を開け、袴紐をさらにきつく締めると、脇差を帯びた。と、廊下の外から声がした。

「お武家さま、お武家さま……。船頭が参りましてございます」

海に面した裏庭に、すでに草鞋を移してくれたようだが、そこに太郎左衛門をはじめ、今日は船出がないのか水主が二人、舟島まで漕いでくれる船頭、そして、女が俯きかげんに立っていた。

「何とした……」

見送りとはかたじけないが、心持の良いものではない。慣れておらぬせいもあるが、立合いの当日に人の眼を背負うなど俗世の縁がかえって、腕や足を縛り、鈍らせる。むしろ、素知らぬ振りをして縁を切ってもらう方が、その途切れた糸の端が片割れを探すために、己を生きさせるというものだ。

向きが変わったか、関門の海風に運ばれてきた波の音が砕け、腹の底に響く。砂浜を舐める白い泡立ちが見えるようでもある。まるで何事もなきように繰り返される波音を、いつのまにか自らのものにしていたのか、夜中も朝も海鳴りが聞こえぬものになっていた。

「佐渡守の使いは参ったであろうか」と、太郎左衛門を見やる。

「はい、昨夕にお出でになりましたので、御書状をお渡し申し上げました」

「かたじけない。して、何か申しておったか」

「この宿の者らはむろん、近辺の者らに、物見は許さぬと伝えおけとのことでございました」

細川藩の思惑が透いて見える。物見も双方の助太刀も一切ならぬが、検使、警固の者らは、いかほどの数が島に下りているのか。その検使らにこそ、気をつけねばならぬというに。

「舟島に伴うてくれる船頭は、そなたであるか」

煮しめたような手拭いを巻いた、細い首がうなずいた。月代《さかやき》に剃刀《かみそり》も入れず、無精の白髪が薄く頭を覆うている。船頭としての盛りの歳はとうに過ぎているが、日と潮に灼けた年季の面差しが頼もしく、半纏《はんてん》から出た筋張った腕も、炭のごとく黒い。

「へえ。潮と風の流れは、任せてくんなせえや」

「礼を申す。舟島から戻りし折は、まだ幾日かここにおるのか」

「いや、おらはこの夕べにも北前船に乗りますさけえ」

「それが良い」

ことによっては、この船頭にも危害が及ばぬとも限らぬ。舟島での真実を知る者は誰一人、生かしてはおかぬ。さように細川藩は思うているやも知れず。

男は眼差しを船頭から裏口に立つ一同に移した。皆、一様に神妙な面差しを浮かべているが、数刻後には男が血潮にまみれた姿で波打ち際に浮かぶのを想うていてもおかしくはない。目が覚めれば乱世、今まさに死ぬことを覚悟するのが侍と、情けをも禁じようとするのが礼儀とでも考えておるのか。

己はその侍という俗さえも、今は眼中にない。

「仰せの櫂《かい》を二本、こちらに……」

ようやく顔を上げた女が、松の幹に立てかけた櫂を示した。朝の光のもとで見る女の顔が、化粧のせいもあろうが他人のようでもある。先刻までの頬やうなじの名残の色さえも浮かんでおらぬが、それが逆に好ましい。

「卒塔婆、であるな」

「御冗談を……」と太郎左衛門が微妙に相好《そうごう》を崩した。

「お武家さまは、大丈夫でございます。お顔が晴れ晴れしておりまする」

何を思うたか、女がまっすぐに見据えてきて、じっと小さな念でも送ってくるような目つきでいった。

櫂は船頭の握るものよりも小ぶりで、握るための撞木《しゅもく》もついていない。すでに小次郎の長尺の剣についての噂を太郎左衛門は耳にしていたのであろう。それに抗するための武器として、用意してくれたものと見えるが……。

「色々かたじけのう存ずる。これにて参るゆえ、皆も、下がられよ。心より感謝申し上げる」

互いに頭を下げる中、女だけがしばし立ち尽くしてためらいを見せていたが、やがて宿の中に入っていく。

飯を食い、商いをやり、客を取り、まったくの起き臥しに戻る太郎左衛門らの後ろ姿は、むしろ強い。日並《ひなみ》の褻《け》を当たり前に淡々とこなしていく生きざまの据わりに、剣を振るうて天下無双などとほざいている兵法者なぞ、稚拙の極まりともいえまいか。

己が、己が、と十方に示していかになる。秘かに、誰とも知れず、独りであることを鍛え抜いていく兵法者こそ、彼方らと同じ強さを持つ。そして、おそらく、小次郎なる武者は……。細川藩兵法指南ゆえに、また佐々木一族の剣士ゆえに、小次郎は謀の網目の内にいながら、孤絶を磨いて形なきものを斬っている。

「船頭、参るぞ」

船掛りのある浜辺まで出ると、潮風の湿りが増したが、それでも心地よい。

一様に斜に傾《かし》ぐ松が、白浜に沿うて並び、寄せる波のしぶきが靄となって煙るのを受けている。古来変わらぬ景色に違いない。陣幕でも設け、篝火《かがりび》を焚いたか煙をたなびかせているあの舟島も、己らがおらねば静かな島なのだ。

船掛りにつけられた舟は、艀《はしけ》にも使うのであろう、板合わせの簡素なものだが、どの舟底にもある、水の染み込み溜まる船淦《ふなあか》が見られない。と、その舟底に樫の棒、三尺あまりのものが一本置いてあった。

「……太郎左衛門殿、かたじけのう……」

櫂を二本携えて、舟に乗ると、関門海峡の浜近い波が悪戯するように体を揺する。板子一枚下の波の張りと、柔らかさ、強靭さが、板を踏む草鞋の踵に、生まれては消える瘤のように伝わってくる。

身を翻弄するように舟は上下にも、前後左右にも揺れるが、船頭が櫓を漕ぎ始めると、左右の揺れに変わった。舟縁近くまで盛り上がっては引く波の色が、翠玉色《すいぎょく》に見えて、下を覗き込むと、水底の肋模様《あばらもよう》の砂紋に小魚の影が過るのが見える。魚行いて、魚に似たり……。

舟島の平らかな横たわりが右に傾き、左に傾く。間違いなく、あの浜辺に佐々木小次郎がおるのだ。

今、何を思うておるのか、小次郎……。細川藩の陣幕を背負うて、本気で立合わんとしているのか。何の因果で剣を持つ身となったかなど振り返りても、埒もないが、己が小次郎で、小次郎が己ということもあるのだろうとも思う。

ふと、吉岡一門との一乗寺下り松での決闘にて、己が小次郎であったら、いかにしたか、と思いが過る。やつも同じように首領となった又七郎を斬ったか。おそらくは、斬らぬ。周りの者らを叩き斬っても、又七郎だけは斬らぬままでいたに違いない。己にはやりようがあったのだ。己の切迫した殺気が、又七郎を利用した謀《はかりごと》を許さず、目の前が月白色《げつぱくいろ》になってしもうた。己の未熟さがあまりに嘆かわしい。又七郎が大人となりて、研鑽《けんさん》を積み、恐ろしいほどの剣技を修得したのが、小次郎ともいえる。

水面に跳ね返る夥しい光が顔を射て、目を細めると、楔形の煌めきが星のごとく散らばる。まだ言の葉も覚えもしなかった幼き頃は、この光の戯れそのものになっていたのだ。いずこで地輪の石を間違えて据えてしまったのか……。

と、顔を上げると、舟島の影がかなり右にそれていた。

「船頭……。向きが違わぬか……」

「へえ、関門海峡は日に四度、潮の流れが変わるんですがね。もう少しいけば、舟島へと流れる潮に乗り、するすると一気に……」

大きく撓んではうねるむこうの水面を見やると、跳ね返る光の帯の色が違う。あれが潮目なるものであろう。左手の空には、昨夕にも負けぬほどの雲の峰がそびえ立ち、隆々とした純白の瘤をみなぎらせていた。卯月というのに、入道雲が湧き上がっていると思えば、右手の空には秋めいた鱗雲が固まっていたりする。

何やら潮風や潮の香も、季が混じり合っているかのようで、自らの在り処がおぼつかなくなる。補陀落《ふだらく》への船出ということもあるか、と胸中思うてみて、苦い笑いの一つも浮かんでこよう。豊前の山並みや舟島が見え、舟を漕ぐ船頭がいるとはいえ、いずこにいてもこの海原にただ独りあることを極めねばならぬのだ。

「島に着き、半刻ほどしたら、潮の流れは変わるか」

「ちょうど、逆になりますろ」

「岸につけて、沖に出れば、すぐにも潮に乗れるか」

「いえ、沖にいかずとも、ほれ、この通り、乗ってしまえば、ついついと」

舳が右に大きく旋回したかと思うと、船頭が「やとなっ」と掛け声をあげて、櫓を固める。と、左右の揺れがまったくなくなって、笹舟のごとく流れに乗って海の上を走り出した。

今度は左手前方に見える舟島の影がぐんぐんと近づいてくる。浜辺に張った陣幕が白く見え、篝火のたなびきも靄から筋へとはっきりしてきた。

「船頭、必ず浜に立つ某の背後に舟を回してくれ。俺は舟を下りたら、左右どちらかに、浜を走る」

「……」

「船頭？」

「……逃げる……か」

潮の流れに沿って櫓を操る気配とともに、己の背中を見つめる者の嗄《しわが》れた声がする。

「……愚独殿か……」

「逃げるのであれば、闇部山の破れ堂までも、いや、吉岡一門との一乗寺前夜まで逃げることもできようがのう。あの舟島の篝火を、不動明王の迦楼羅焔光にもしてやるわ」

「もはや用無し」

「ほう、そうか。いずこにおろうと、うぬはうぬ。そこからだけは逃げようがないわ」

「元曉の髑髏杯か」

潮のにおいがさらに濃くなってくる。島に近くなってきたせいであろう、波も少し立ち騒ぎ始め、舟を上下させた。島に設えた陣幕が潮風を孕んでいるのが見える。はためきに黒く踊るのは、細川藩の九曜紋。床几に坐る検使、群がり立つ警固の者らが、蟻の集まりのように見えてきた。

あの山中の鴉……。

陣幕から離れて浜辺近くに立つ、もののふの姿が見えた。

巌流佐々木小次郎……。

深く息を腹の底に落として、丹田に込める。舟底に横たえたものに手を伸ばした。太郎左衛門が舟底に用意してくれた樫の棒ではない。

一本の櫂。

舟から見る小次郎の人影からして、己よりも長身と見える。

「いや、うぬとほぼ同じ。何やら後世の者らは、空物語を作るわ。歳も十八だのとのう……『越前宇坂の庄、浄教寺村の産也。天資《てんし》豪宕《ごうとう》、壮健類なし。同国の住、富田勢源が家人に成て、幼少より稽古を見覚え、長ずるに及んで、勢源が打太刀を勉む。……勢源が門弟治郎右衛門と勝負を決して之に打勝つ。依《よっ》て勢源が下を駈落《かけおち》して、自ら一流を建て岩流と号す』とな。そこには『岩流は佐々木小次郎と云、此時十八歳の由なり』と。あるいは、五十を過ぎた老侍なりという者もあるわ」

「五十とはまた片腹痛し」

「だが、見よ。うぬと変わらぬ身丈《みたけ》と齢《よわい》。いやいや、『猩々緋《しょうじょうひ》の袖なし羽織に、染革《そめかわ》の立付《たつつけ》を着し、わらんじを履み、三尺余の刀を帯す。備前長光の由、甚だ待ちつかれ、武蔵が来るをはるかに見、憤然《ふ》として水際に立て云、「我は斯に先達て来れり。汝何《なんじ》ぞ遅するや。吁《ああ》汝後れたるか」』とほざくらしいが、うぬは約のとおり、辰の正刻に浜に着くぞ。さあ、いかがする、いかがする」

浜辺に立つ男の姿がはっきりしてきて、すでに手にしている刀は三尺余り。だが、猩々緋の袖なし羽織などという、華美な派手さはない。むしろ、己と同じような濃鼠《こいねず》の衣に袴。ただ、銀朱《ぎんしゅ》の紐で襷《たすき》がけしているのが見えた。

「うぬが生きようと、死のうと、もはやこれまで。儂は高みの見物をしようかの。独行の這入の魔物を殺して、小次郎とやるか。いやいや、独行の這入の魔物とともに、小次郎とやるか」

「生きる、こともあるやも知れぬ」

「ほう。さてさて」

波の高みに乗って、舳《へさき》が空に突き出し、また深い椀《わん》の底に下りる。しぶきが上がり、その中に鎌のような小さな虹が浮かびもする。もう水もかなり浅いところまで来ているのだ。揺れに身を任せながら、履いていた草鞋の紐を解いて素足となった。目を上げれば、砂浜が突き出て堤のようになっているのが見える。

「船頭っ、あの洲崎《すさき》に舟を着けよ」

「…………」

「船頭っ！」

「へ、へえっ」と、船頭が櫓を立てるようにして、舳の向きを変えるのが分かった。すでに砂浜の陣営では、舟の到着に気づいて検使や警固の者らが声をあげて色めき立ち始めたのが見える。蟻の巣穴を蹴散らしたようではないか。左手の岩場に何かが動いて、視線を走らせれば、いくつかの隠れた頭の影も目に入った。

濡れた浜辺に夥しく上がった屑のような天草や馬尾藻《ほんだわら》のせいか、さらに潮の淫らめいたにおいが濃くなっていて、ふと前夜のことが過りもする。命懸けの立合いの前に、勝負以外のことなど考えもしなかった己であるに、ましておなごのことを一瞬でも思うなど……。

否、隙などいずこにも穴が空いている。何かを思うた時に、背後の波に気づかぬもの。

背後の波を思うた時は、前が空く。だが、いくつにも穴を塞ぎ、塞ぎして、隙なしと信じた時に、この身すべてが隙になる。

舟底の板が洲崎の砂を擦って舟縁にしぶきが上がった。丹田《たんでん》と菊坐に力を込め、細く長い息を吐きながら、左右と奥行全体に視線を投げる。遠きものを近くに見、近きものを遠くに見る、観見の目付。潮くささに混じって、篝火の煙たさと、わずかにだが硝煙らしきにおいが風に紛れていた。

火縄か？

おそらくはあの左手の岩場の陰と陣幕後ろの松の陰。

女が卒塔婆といった櫂をつかみ、舟の上にゆっくり立ち上がった。

佐々木小次郎……。

すでに手にしていた備前長光をわずかに腰元まで上げて、砂浜を歩いてくる。眼差しを揺らさず、砂に草鞋の足を取られるでもなく、正中線を真っ直ぐに保ちながら静かに気を高めてくる歩み。静かに波が張力を溜めていくのに、似ている。できる。

濃鼠の衣に銀朱の襷。両肩に血に染まった刀傷を負ったかのような修羅を思わせるが、面差しの白い肌と目元の涼しさがそれを無垢な憐れみにも見えさせた。ただ不遜とも思える片端の上がった薄い唇が、修羅も憐みをも呑み込む冷えびえとした虚無を覗かせてもいる。

「武蔵か……」

丹田の据わった無表情な声が、潮風にのってくる。

「……小次郎」

齢も身丈も近い。浜の勾配で小次郎の方が高みになるかも知れぬが、あたかも自らの影を見るようでもあった。

何より、その眼。

遠く海の端を見るような透いた眼差しは、すでにこの立合いの行く末を見ているのか。あるいは、この男もまた、己と同じ独行の這入の魔物のごときものを持て余し、剣に隠れながら、独り悶える業を抱えていたか。

視線を外さぬまま舟縁をまたいで、あたりに気を巡らせながら波打ち際にゆっくり下りる。まだ春の海の冷たさが素足に染みるが、足の指で底の砂の柔らかさを嚙み、一歩二歩と水の抗いを受けぬような抜き足の歩みで浜辺に近づいた。小次郎の背後の陣営で、検使の者らが音も立てず固まり、広がり、何やらの指図を送っているようにも見えた。

「武蔵よ、ふざけておるか」

小次郎の眼差しの先は、己が持っている櫂である。

潮風にほつれた髪の一筋が、小次郎の左目にかかり、その目はわずかに瞬いていたが、瞳は凝《ここ》って動かぬ。襟の合わせ目から覗いた黒紐。その先は衣の中に隠れて分からぬが、もしやクルスか。

静かに腕を伸ばしながら櫂の先を上げて、小次郎の眉間をその一直線の先に置く。脈が上がるのが耳奥で響く。三尺ばかりの櫂、そのさらに三尺先に小次郎は立っている。触刃《しょくじん》の間合いからも遠い。

櫂を掲げたまま小次郎の問いに首を振ろうとした時、備前長光が重く擦る音を立てた。

——小次郎、抜くな。

だが、半歩出した右足の爪先を砂に埋め、半身《はんみ》になりつつ長光の鐔《つば》を身の中心から外さずに抜刀《ばっとう》している。まだ、刃は見えない。長い鞘《さや》の先は小次郎の背後に斜に突き出ているが、いまだ刃を相手に見せぬ抜刀。

と、半身が静かに戻り始めた時に、白蛇のような長い刃が手首の滑らかな返しとともに現れた。

鋼《はがね》のにおいが立つ。

光の玉が刀の根元の鎺《はばき》から切っ先へと滑っていく。そして、小次郎は何を思ったか、左手にしていた鞘を、縦に構えていた長光の刀と垂直に交わらせるようにして掲げた。

——何っ……?

長光の刀と唐茶色の鞘が十字になる。小次郎が一瞬目を閉じた時に、その背後の、浜砂に映る歪んだ影に視線を投げた。

磔刑《たつけい》!

小次郎はうっすらと瞼を開けながら、その鞘を水平に滑らせ、横に投げ捨てた。もはや、長光の鞘は小次郎のものではない。ただのもの。主を失った、無名のもの……。これを検使の者らはいかに見るのか。立合いで鞘を捨てるとは、もはや抜いた刀を戻さぬということ。敗北を意味することである。

だが、この男は……。

備前長光の柄頭に左手を添えて、中段、青眼の構え。左足の爪先が砂に弧を描く。潮風が時々耳を軽く叩くが、波にまぎれて細く唸るような音が聞こえるのは、長光の白々とした刃が風を裂いているせいだ。

「小次郎……そなた、存じていたのか」

陣営には届かぬほどの幽《かそ》け声でいうと、小次郎が目をそらさぬまま、かすかにうなずくのが分かった。睫毛の影が深くなったのを男は見逃さなかったが、陣営近くにいるのは双方にとって危うい。小次郎が剣を振る前に、移らねばならぬ。

また向きの変わった潮風に、篝火の煙に混じって硝煙のにおいがした。

「ならぬ！」

男は声を上げると、波打ち際の濡れ砂を蹴った。

櫂を小次郎側に向けながらも勢いよく右に走り出したのだ。刹那、呆気に取られた小次郎も男の動きに応じて、備前長光の剣先を斜に下ろしつつ砂を蹴る。

波打ち際の砂は潮水に締まって硬いが、それでも足元を舐める水と泡が足の運びを妨げる。何より、小次郎に向けている櫂の水掻きが風の抗いを受けた。男は手首を返しながら、水掻きを平らかに、また斜めにして、気の流れを読みながらも走った。小次郎とて、蹴り上げる砂が力を吸い込んで、思うような足の運びにならぬ。だが、ともに波打ち際の水と砂を跳ね上げて、なるべく陣幕から離れねばならぬのだ。

——船頭っ！　ついておるか。

海の面に跳ねる夥しき光が目の端を射る。心の臓が早鐘のごとく爆《は》ぜているが、まだ駆けるのをやめるわけにはいかぬ。岩陰と松陰に隠れる火縄が届かぬところまで。

一体、二人の侍が舟島の海辺を馳すことの不可思議。己らはこのままいずこにまで走り続ければ、闘いなるものが終わるのか、と男は疾駆する身とは裏腹に、ひっそりと静まり返った心の穴蔵に言の葉を落とす。

「独行の這入の魔物を殺して、小次郎とやるか。いやいや、独行の這入の魔物とともに、小次郎とやるか」と、己の中の愚独に問われ、「生きる、こともあるやも知れぬ」と答えを用意した本意……。

もはや剣を捨てた者にとっては、生き死にの分かれ目も、天下無双の名利も、縁なきものである。ただ、一点、形なきものを斬ることに到達した小次郎の剣を、見たいだけなのだ。後はもうよい。よいのだ。二度と剣など持たぬゆえ。

五十間ほども走ったか。男は小次郎との間合いを計りつつ、飛び足を緩め始めた。袴の裾が潮水で重くなっている。小次郎も息を切らしながらも、備前長光を肩に半ば預ける八双《はっそう》の構えで、上位になる場を計っているようだ。肩で息をするたびに長光の反射が刃を滑る。

遥かむこうに陣幕から出てくる侍たちの影がいくつも見え、左の海には船頭が必死に漕ぐ舟が近づいてきていた。

「……なに……ゆえ……武蔵」

総髪《そうはつ》を結った髷《まげ》が乱れ、小次郎の汗の浮かんだ顔に幾筋もへばりついている。

「小次郎……これを持て」

男は手にしていた櫂の柄を握り、水掻きを下に向けて差し出した。虚をつかれたのか小次郎の片眉が上がり、面差しに隙が漏れるのが分かった。

「己は剣を捨てた……」

「捨てた、と……?」

「だが、そなたの虎切《こせつ》、燕返しを見たい。それだけよ」

「ゆえに披露しようぞ」

「されど、藩の謀《はかりごと》の内でではなく、真に見たいのだ。……とまれ、櫂を持て、俺とこの場から去るべし。そなたは、殺されるのだ。あるいは、己も……」

男の言に小次郎の冷やかな唇の片端がさらに上がった。波の音とは異なる潮の音に視線を素早く投げれば、巧みな櫓さばきで潮の流れと波に乗りながら近づいてくる船頭の舟である。

「戯けたことを……。情けに歯向う刃なし、とでも思うておるのか。情けなど一度もかけられた覚えなき匹如身《するすみ》（孤独）は、己が宗と存じておるわ。そなたも然《さ》もあらん」

「やはり、死ぬ気であったか、小次郎」

「そなたを倒してからよ」

小次郎が肩に預けていた長光を立てて、八双《はっそう》の構えのまま右足を砂上に引いた。

もはや……これまでか……。

男は左足を濡れた砂に引きながら、差し出していた櫂の根元を握り直して、水掻きの先を小次郎に向けた。と同時に、波打ち際から砂浜の方ににじるように寄る。小次郎も間合いを保って、波打ち際にまで摺足で移り、対した。互いに逆ではあるが、同じような海辺の傾斜を右と左に持った。

海猫の声。

はるか高き空の鳶《とび》の輪。

波音。

天草の潮くささ。

辰の刻の明々とした眩しさ……。

己と小次郎がありても、あらずとも、まるで変わらぬ景色が穏やかな顔をして、そして厳然とあった。吉岡又七郎の首が飛びても、不動明王の迦楼羅焰光が燃え上がろうと、五輪塔を崩そうとも、この舟島の穏やかな浜辺はあるのだ。

「参るっ！」

小次郎が声を上げて、さらに右足を引きつつ八双に立てていた刀を、右脇へと寝せて刃を隠した。

車の構え。

男も小次郎の調子と合わせながら、水搔きのへらをわずかに斜めにして、中段、青眼に構える。太郎左衛門が用意してくれた樫の棒を手にしていても、おそらく同じにしていたであろう。まったく長尺の剣を敵に見せず、体をわずかに斜《はす》にして体勢を屈めた車の構え。息を凝らしながら内なる圧を高めるかのごとき影が、いつ爆《は》ぜるか分からぬ。もはや三尺あまりの刃を、体の中に呑み込み、構え自体が剣になっている。己が八双に構えても、下段に構えても、あるいは同じく車の構えで応じたとて、その刹那に剣となった小次郎そのものが飛び込んでくる。糸の一揺れのようなわずかな隙でやられる。扱いやすい木剣を手にしていたとて、不用意な構えや軽《かろ》き誘い技など、この小次郎には利かぬ。

小次郎のすでに死を覚悟した凄みが威圧してきて、それこそ目に見えぬ焰光が背後から揺らめいている。陽炎のごとく小次郎のむこうの景色が濡れて、ゆがんでいるかのようだ。櫂の長さと水搔きの大きさを使い、青眼の構えで牽制した方が良い。

——小次郎、いかにくる。

藩の検使の火縄で殺られるのを知っている死に身であれば、いかようにもくる。すでに己の構える櫂という剣の下に入り、極楽を見出している……。

額の汗が一筋、眉尻《まゆじり》へと逃げて頰を伝う。兵法者は長き稽古の末に、目の中に汗が入らぬ顔になるが、男は今まで一度たりとも汗で目を曇らせたことがない。ただ、小次郎の気魄《きはく》を受けて張りついた眼は、むしろ汗でも良い。露を欲するほどであった。

——武蔵、いかに死ぬ。

百尺竿頭に、より歩を進めた方の勝ち。

じりじりと小次郎の草鞋の底が、潮水に濡れて固くなった砂を読んでいるのが分かる。

踏み込む加減と砂に吸われる加減。

波が小さく砕け、泡立つ。

触刃の間合い。

小次郎の足元に潮の白い舌が伸びてくる。

と、その刹那。

小次郎の右足が濡れた砂を蹴って、一歩前に出た。目の前の薄き膜を瞬時に破いて、新たに小次郎が現れたかに見えた。

「フッ!」

息吹いた小次郎の影が一気に大きくなる。

同時に、頭上に剣先を掲げる雷刀《らいとう》の構え。

いや、息つく間もなく、左の足が大きく踏み込んできて、砂を巻き上げた。

地からの煙。

空からは稲妻。

袈裟《けさぎ》斬りに閃光が落ちてきた。

「ヤーッ!」

あまりの烈光に景色が暗転したかのごとくに瞬く。小次郎の剣は仏か神かの光を得ようと、匹如身《するすみ》の闇の底にいたか。闇が小次郎の神剣を磨いたと……。

男は咄嗟に櫂を突き出す。小次郎の剣先はまだ身に届かぬが、捌こうとした水掻きの片羽を瞬時に斬り落とした。木端の影が蝙蝠《こうもり》のように舞う。

袈裟斬りにきた小次郎の刀は、男の顔から左肩へと烈風の圧で裂いていた。紛れもない太刀筋で、触れていれば一刀両断。と、体勢をかなり沈めた小次郎の剣は、しぶきを上げる水のごとく滑らかに返る。

虎切《こせつ》!

突如燃え立つ炎のごとく太刀筋を変えたのだ。

すべて一連の流れ。

いつ手首を返した⁉

一拍の、いや、一刹那の滞《とどこお》りもない。振り下ろした剣の重みと疾風のごとき速さ。剣の落ちる勢いを、逆に天空へと剣の振り上げに連ねたのだ。その切り換えが見えぬ。柳の枝が撓《たわ》み、返る。草が風に靡いて揺れる。波が逆巻き、砕け散る。造化《ぞうか》のごとき太刀筋。それはいわば剣ではない。何かが白い腹を見せる。ひるがえる。

……燕。

燕、に似ている、燕……。

下から、さらに斬り上げてくるもの。

間に合わぬ。もはや、その、いまだ名づけえぬものの中に、入る以外になし。

男がか。

違う。

男を見る己が、男の前に出る。魂がせり出したのか。いや、言の葉も浮かばず、迷いもなく、なにものかが抜け出でて、小次郎をも透過する風になる。

跳ぶ。

潮水に濡れた袴。その中で足をすくめる。裾《すそ》に燕が過った時――。

音が消える。波が止まる。風が静まる。その中を、燕だけが滑らかに一筋の軌跡を描いていく。否。燕の嘴《くちばし》、頭、翼……、その際《きわ》はいまだ燕ではない。燕のごとき、気の朧《おぼろ》なる様。あの燕のごときものは、いずこへ飛んでいく。また、己は今、いずこにある。かように緩やかで無垢なる一筋の軌跡が、三世十方の刹那、刹那を止めている。独行の這入をも過り、その暗き底をも透り、言の葉をも斬る。すなわち、それは美しさでもあるか。空無の只中に、己が浮かび、微塵《みじん》ともなり、またその一微塵の中に、三界《さんがい》がある。光。光の中の光。闇。闇の中の闇。生まれ出ずる刹那、命落とす刹那の、この永き瞬間の不可思議に己はいて……。見下ろせば、蓬髪をさらに乱し、獰猛な目を見開いた己が、凍ったかのごとく見上げている。されば、この己は小次郎か。あやつはこの己か——。己のごとき己。燕の軌跡が止まる。我、ありて、我、に似たり、か！

「ゴッ‼」

何が起きたのか、己にも分らぬ。ただ、小次郎の眉間に、片羽《かたは》をなくした櫂の切っ先が食い込んでいた。

燕が刀に戻る。刀が備前長光という名を持つ。備前長光が小次郎の手を離れ、舟島の浜が戻る。

「カーッ」

男が波打ち際に着地すると同時に、斬られた袴の裾が空からはらりと落ちてきた。

「小次郎っ」

膝が崩れようとして、それでも踏ん張り、一度二度小次郎の体が、浮子《うき》のごとく上下した。剝いた白目の中にも、額から迸《ほとばし》る血潮が入り込み、白い面差しは蘇芳《すおう》の網を被ったようでもある。と、いきなり体を激しく震わせると、頽《くずお》れて浜にどうと仰向けに倒れた。

　男が櫂を捨て、近づきひざまずけば、失禁したか尿のにおいが掠《かす》める。片端の上がっていた薄い唇も血の泡にまみれ、すでにへの字に力が抜けてゆがんでいたが、かすかに声を絞り出している。

　男は耳を近づける。喘ぎで震えるかすかな気の漏れしかないと聞こえたが、それはかろうじて言の葉になっているようだった。

「……み……ごと……なり……」

「小次郎っ」

　潮風が邪魔をするが、確かに聞こえる。

「……そなたの……剣……。す……でに……剣、なり……」

「……」

「……剣……に、似た……何か……」

「剣に……似た?」

「……それ、を……捨てる……わけには……まいらぬ……」

小次郎の言の葉は、男の耳を掠めるほどにしか聞こえぬが、胸底にまで確かに届く。開いたままのがらんどうの独行の這入は、奥行も底も分からぬほどに闇が蠢き続けている。だが開いたままの闇に、一条の光が差し込むかのごとき言の葉の一閃があった……。

「剣に、似た、何か……」

「……早、く……、去……」

雷撃を食ろうたように小次郎の体が痙攣し、浜砂が小さく舞った。

「小次郎っ！」

陣幕の方を見やると、すでに検使や警固の者らが浜の砂に足を取られながら、駆け寄ってくる。中にはやはり火縄らしきものを手にしている者もいた。

「さらば、小次郎……」

背後の海に視線を投げる。船頭が櫓を小刻みに動かして、波の乱れる海辺近くまで舟をつけてくれていた。

「船頭、参るぞっ」

砂浜に横たわる小次郎からゆっくりと身を起こすと、傍らに落ちた備前長光に手を伸ばす。砂まみれになった柄や鐔にもかかわらず、刀身《とうしん》だけは冴えざえと光を放っている。三尺あまりの長光はずっしりと重く、小次郎の孤独の悲しさでもあるか。もはや息もあるかは分からぬが、その長光を小次郎の脇に静かに置く。そして、身を翻《ひるがえ》して、海へと走った。膝元まで波に逆ろうて水の中を歩み、舟縁を押す。

「早う、乗ってくらっしゃれっ」

体を放り込むようにして舟に上がると、舟底には櫂と樫の棒。

小次郎と男が漕ぐはずだった櫂を手に取り、舟縁をまたがせ、水掻きを海に突っ込んだ。

「漕げ、漕げっ」

力のかぎり櫂で水を掻き、色の変わった潮目を目指す。

あの太刀筋、あの太刀筋、と胸中叫びながら、男は背後の浜に横たわるもう一人の己を想う。櫂を握り、掻く腕に力がこもった。

あれは剣にあらず。形なき剣の心魂《しんこん》、そのもの……。

もはや敵などおらぬ、森羅万象の、自ら由《よ》って在る様。飛び、泳ぎ、揺れ、吹く。見たぞ。見たぞ。己の剣ならざるものの も。

舳が右に一気に流れ出す。潮のにおいも冷たく清廉なものになって、前方にあった山並みも形を変えた。

「お武家さま、もう、漕《こ》がんともようがす。潮にのりましたに」

櫂の手を止めて、右手に横たわる舟島に視線を投げる。息差しのように上下する舟島の波打ち際に、藩の者らが群れ集まっているのが見えた。男らの足元の間に、小次郎の身がわずかに覗いてもいた。

己であっても、同じ……。

離れていく舟島から目を伏せて、片合掌《かたがっしょう》する。瞼《まぶた》の裏にはいまだ自在に変化する燕の影があった。瞼を開けば、袴の裾に、斜に斬られた鋭い名残がある。

男は細く長い息を吐いた。

船頭が操る櫓の軋む音。海猫が魚の群れでも見つけたか、寄り集うて海の面近くで鳴いている。潮風が耳の縁を撫で、舟島の岸辺近くに寄せる波の音も紛れて聞こえてくる。翠玉色の海の中を小さな魚影が過り、水面には光が爆ぜるようにさんざめいている。

男はもう一度、息を丹田の底から細く吐き出した。

「……静か、だ……」

舳の尖りのむこう、関門海峡の煌めきに目を細める。白い峰雲が言の葉をも呑み込んで、不動のごとくそびえているのが見える。

静かとは、また、十方世界のすべてがたえず生まれていることの謂《いい》でもある。

参考文献

宮本武蔵著・鎌田茂雄全訳注『五輪書』（講談社学術文庫）
魚住孝至著『宮本武蔵』（岩波新書）
赤羽根龍夫／赤羽根大介著『武蔵と柳生新陰流』（集英社新書）
原田夢果史著『真説宮本武蔵』（葦書房）
岡田一男／加藤寛編『宮本武蔵のすべて』（新人物往来社）
戸部新十郎著『図説宮本武蔵』（河出書房新社）
別冊歴史読本『図説宮本武蔵の実像』（新人物往来社）
久保三千雄著『謎解き宮本武蔵』（新潮文庫）
柳生延春著『柳生新陰流道眼』（島津書房）
西村恵信訳注『無門関』（岩波文庫）
入矢義高他訳注『碧巌録　上下』（岩波文庫）
石井恭二訳『道元　正法眼蔵』全五巻（河出文庫）

藤沢周
FUJISAWA SHU
★
一九五九年、新潟県生まれ。法政大学文学部卒業。書評紙「図書新聞」の編集者などを経て、九三年「ゾーンを左に曲がれ」で作家デビュー。九八年「ブエノスアイレス午前零時」で第一一九回芥川賞受賞。『刺青』『ソロ』『境界』『陽炎の。』『礫』『オレンジ・アンド・タール』『愛人』『さだめ』『紫の領分』『雨月』『焦痕』『第二列の男』『箱崎ジャンクション』『幻夢』『キルリアン』『波羅蜜』『武曲』など著書多数。

初出／『文藝』二〇一六年春季号

武蔵無常《むさしむじょう》

★

二〇一六年 三 月二〇日 初版印刷
二〇一六年 三 月三〇日 初版発行

著者★藤沢周
装幀★高柳雅人
装画・挿絵★鈴木康士
発行者★小野寺優
発行所★株式会社河出書房新社
東京都渋谷区千駄ヶ谷二-三二-二
電話★〇三-三四〇四-一二〇一［営業］〇三-三四〇四-八六一一［編集］
http://www.kawade.co.jp/
組版★KAWADE DTP WORKS
印刷★株式会社亨有堂印刷所
製本★大口製本印刷株式会社
Printed in Japan
落丁本・乱丁本はお取り替えいたします。

ISBN978-4-309-02456-1